JN049464
ほんわか魔女を目指していたら、
史上最強の杖に選ばれました。
Why was she chosen as the strongest wand?
なんで!?

これからよろしくねっ
あんたをあたしのお友達第二号に
認定するわっ！

わたしは
あなたのことが嫌いです
もう照れちゃって~
NO

変身(トランスジット)――
お菓子になぁ～れっ！

なぜか（？）聖杖に選ばれた少女
レヴィー・アズライト
Levy Azurite
だってあたしは
友達が欲しいから
ここに
居るんだもの！
CHARACTER
Face
Pattern

本来聖杖に選ばれる筈だった少女

シトリー・エルゼヴェル

Sitri Elzevel

Why was she chosen as the strongest wand?

CONTENTS

ほんわか魔女を目指していたら、史上最強の杖に選ばれました。なんで！？

下等妙人

ファンタジア文庫

3396

口絵・本文イラスト　我美蘭

ほんわか魔女を目指していたら、
史上最強の杖に選ばれました。
Why was she chosen as the strongest wand?
なんで!?

第一話　双璧の馴れ初め

「くるっぽぉぉぉぉぉぉぉぉぉぉぉう！」

……広々とした室内にけたたましい怪鳥の声が鳴り響く。

枕元に配置されている、目覚まし壺が放つ大音量。

巷では覚醒と同時に鼓膜がブチ破れると評判の品であるが、しかし。

「すぴぃ～♪」

その少女は鼻提灯を膨らませながら、依然として惰眠を貪っていた。

これでは埒が明かぬとばかりに、そのとき、天井から吊り下げられていた鉄球が開眼。

魔法の技術で以て単純な自己意識を付与された、高級目覚まし道具が一つ。

巷では覚醒と同時にあの世へ昇天出来ると評判の品が、次の瞬間、少女へ向かって落下。

「ちょええええええええええいっ！」

轟音を伴って肉迫するそれへ、少女は眠りこけた状態のまま、
まるで蒼穹へ昇る竜の如きアッパー・カット。

その一撃に秘められし威力は凄まじく、巨大な鉄球が瞬く間に粉砕。

ドゴォォォンッ！　という破壊音が響き渡ると同時に、破片が室内全域へ凄まじい速度を伴って飛散する。その衝撃で以て窓ガラスは全壊し、本棚は中身ごと弾け飛び、もののついでに目覚まし壺も木っ端微塵に砕け散った。

「むにゃ……」

ここに至り、少女はようやっと目を覚ます。

彼女は寝惚け半分な状態で目を擦りつつ、ベッドから降りて、窓際へ。

それからカーテンを開け放ち、陽光を一身に浴びながら伸びをする。

「うぅ～ん。生きてるって感じがするわねぇ～」

ふぅ、と一息吐くと、少女は白銀の美髪をボリボリと掻きつつ、窓の外へ目をやった。

実に爽やかな朝の光景である。

雲一つない晴天。爽やかな風。鳥達の愛らしいさえずり。

新生活を迎えるに相応しい、気持ちの良い朝だった。

「やっと始まるのね。あたしの人生が」

しみじみと実感する少女、だが……不意に違和感を覚えた。

「んん？　あれ？　おっかしぃなぁ。太陽の位置がちょっと、高すぎるような」

起床の予定時刻を思えば、もっと低い位置にあるはず。

まさか。

嫌な予感を抱えつつ振り向いてみると……

陽光に照らされたことによって、少女はようやく、室内の惨状に気が付いた。

まるで嵐に襲われたかのような有様(ありさま)。そんな室内には見るも無惨(むざん)に破壊された目覚まし道具の亡骸(なきがら)が山となって積み重なっている。

これを目にすることで少女は確信へと至り――

「や」

冷や汗をダラダラと流しながら、心の内に広がっていく感情を、叫んだ。

「やべぇぇぇぇぇぇぇぇぇぇぇえいっ⁉」

アレスガリア王国には、数百年にわたって語り継がれる伝説があった。
隣接する魔人(デミ・ヒューマン)達の国家、リントブルム帝国との戦争。今なお続く争いの黎明期(れいめい)にて出現した大凶星……暴虐の魔王、イヴリス・ベルゼヴァーナ。
狂悪の化身にして全生命の宿敵たる彼(か)の存在は、圧倒的な力で以て王国を恐怖の底へと墜とし、全ての民草に諦観を植え付けたという。

誰もが絶望し、最悪な未来を受け入れようとしたそのとき……救世主が降臨する。

それは一人の魔女。名を、メアリー・エルゼヴェルという。

彗星（すいせい）の如く現れた彼女は敵の軍勢を瞬く間に打ちのめし、魔王・イヴリスすらも討伐。

その功績に人々が沸く中、しかし、彼女はこんな予言を残して、何処（どこ）かへと消えた。

〝災厄はまだ終わってはいない〟

〝戦は今後、長きにわたって続く〟

〝そして――彼の魔王は、再び姿を現すだろう〟

戦争の長期化。魔王の復活。

これに備えて、時の為政者達はある教育機関を設けた。

アレスガリア国立魔女学園。

第二、第三のメアリーを育成することを目的に設立された学び舎（まなびや）。

そんな由緒（ゆいしょ）正しき女の園で、今、新入生歓迎の式典が開かれていた。

「――学園長、アンジュ・レスティアーナ様より、御言葉を頂戴いたします」

神殿めいた厳かな建造物。その内部にて、式典は粛々と進行している。

入学生の皆々は誰もが高い意識を有しており、浮かれた態度など誰も見せてはいない。

だが……そんな彼女達であっても、憧憬する存在を前にしたなら頬が緩むもので。

「あ、あれがアンジュ様……！」

「なんて凄まじいオーラ……！　さすが生ける伝説……！」

登壇すると同時に、場内がざわめく。

アンジュ・レスティアーナ。本校の学園長たる老魔女。

齢八〇を過ぎてなお妙齢の女性と見まごうばかりの若々しさを保ち、その絶世の美貌は全盛期と比べても遜色ない。

元は準男爵家の出自であったが、その才覚のみを頼りに実質的な爵位の最高峰、侯爵へと昇り詰めた女傑。

魔女としての技量は現代最強と評されるほどの規格外であり、数十年前に発生した帝国との戦役を単独で終結させるなど、武勇伝に事欠かない。

そんな生ける伝説は青みがかった白髪を掻き上げつつ……微笑と共に、口を開いた。

「ようこそ我が学園へ。私は諸君等を心より歓迎する」

続く言葉は総じて、なんの変哲もない定型文であったが、それでも新入生達はアンジュの一挙手一投足を熱烈な目で以て見守り続けた。

「――さて。挨拶はここまでにしよう。諸君等の熱意を思えば、長々とした文言で発破をかける必要はない。諸君等がどれほど美しく咲き誇るのか、今から楽しみでならないよ」

自分達を認めてくれた。そんな認識が新入生達のボルテージを一層高めていく。

だが、次の瞬間。

「続いて新入生代表挨拶。――シトリー・エルゼヴェルさん、登壇してください」

進行役がその名を呼ぶと同時に、場内に満ちていた熱量が、一瞬にして冷え込んだ。

そして彼女は。

伝説の魔女、メアリーの血を引く少女は。

慣れ親しんだ苦痛を味わいながら、ゆっくりと壇上へ移動する。

漆黒の美髪を揺らめかせ、冷然とした美貌になんの情も宿すことなく。

「……呪詛の一族」

「あの無表情、どうにも気持ちが悪いわね」

「はぁ。バケモノと一緒に過ごさなきゃいけないなんて、ウンザリだわ」

伝説の末裔。それは通常であれば崇められて然るべき存在であろう。

だがある事情により、彼女の一族は忌み嫌われるようになった。

名ばかりの栄光。名ばかりの権力。

だがそれでも、シトリーはエルゼヴェルだ。

魔王が復活した暁には大役を担うこととなる。

彼の暴君を討ち滅ぼすための生け贄。

そんな役割を負う者としての証を、立てるべく。

「——では続いて、聖杖授与の儀へと移ります」

代表挨拶を読み上げてからすぐ、シトリーは進行役に促される形で背後を向いた。

まるで皆を見守るように鎮座する豪奢な台座。

その中心には一振りの杖が挿さっている。

伝説の魔女、メアリー・エルゼヴェルが用いたとされるそれは歴史上最高の武威を有する装備品であると同時に、王国を象徴する神器でもあった。

シトリーはゆっくりとそこへ歩み寄り……聖杖を前にした瞬間。

(……お母さん)

首元に提げられたネックレスをギュッと握りながら、一人の人物を思い浮かべる。

先代のエルゼヴェル家当主にして、最愛の母、アイシャ・エルゼヴェル。

数年前に病没した彼女を想うと、勝手に涙が溢れてきた。

(わたしにはもう、これしかない)

(背負うべき使命。それを言い訳にして生きる)

（……ずっと、一人ぼっちの、まま）

歴代のエルゼヴェルは聖杖を抜き放つことで代替わりを宣言し、それをある種の宣誓として世間へ喧伝する。

自分は国家存続のために命を捧げるのだと。

今年の入学式は、シトリーがそんな呪いを背負うために催されたものだった。

「──抜杖をお願いします」

手を伸ばす。生きるための言い訳を、摑み取るために。

だが──シトリーの小さな指先が聖杖へ触れた、そのとき。

〝貴女では、ない〟

突如、シトリーの脳内に女性の声が響く。

「っ……！」

吃驚した瞬間、聖杖から真紅の稲妻が放たれ、シトリーの手を打った。

「痛っ……」

苦悶を漏らし、反射的に手を引くシトリー。

何が起きたのか、理解出来なかった。

それは周囲の面々にしても同じこと。

「シ、シトリーさん。抜杖を、お願いします」

再び促され、それに応じる形で、彼女は杖へと手を伸ばすのだが……

二度目もまた、同じ結果となった。

杖から稲妻が奔(はし)り、シトリーの手を弾く。

まるで彼女を拒絶するように。

「「「…………………」」」

誰もが沈黙していた。それ以外に何も、出来なかった。

学園長、アンジュ・レスティアーナもまた、貴賓席にて唖然(あぜん)としている。

「前代未聞(ぜんだいみもん)だな、この事態は……」

当惑しながらも彼女だけは状況を理解し、受け止めていた。

そう……拒絶されたのだ。

シトリーは聖杖に、担い手となることを拒まれた。

「どう、して？」

わなわなと震えるシトリー。

意味がわからない。なんで、こんなことに。

困惑。当惑。悲痛。恐怖。

さまざまな悪感情が胸中に芽生え、やがてそれらが体調を蝕(むしば)み始めた頃。

「――ううううううううう」

異音が耳に入った。

最初、シトリーは幻聴を疑ったが、しかし。

「ん？　あれ？」

「なんか、変な音が……？」

件(くだん)の異音は皆の耳にも入っているらしい。

……さて。

ここで少し、あえて話を脱線させよう。

彼女等が居合わせるこの施設は名称を聖域(サンクチュアリ)といい、学園の創立から今に至るまで存続する、歴史的な建造物である。

古来より新入生歓迎の式典は神聖な行事として認識されており、それを執り行う場は、その名の通り聖域そのものとして捉えられていた。

ゆえにこそ、それを穢(けが)すような行いは厳罰に処されるのが慣わし。

今よりおよそ二〇〇年ほど前の時代においては、聖域（サンクチュアリ）の壁に落書きをした生徒が極刑に処されたという逸話もある。

イタズラをしただけでそれなのだ。破損などさせようものなら一族皆殺しもありうる。

だからこそ。

「────ぃぃぃ刻ぅうううううううう」

次の瞬間に発生したそれは、居合わせた者全員の度肝を抜くような出来事となった。

「遅ぃぃぃぃぃ刻、遅刻ぅうううううううううっ！」

大絶叫と共に、轟音（ごうおん）が響き渡る。

それは聖域（サンクチュアリ）の天井部から発せられたもの。

一人の少女が歴史的文化遺産をブチ壊して、ダイナミック・エントリーをカマした、何よりの証であった。

「「「ひょえええええええええええええええええええっ⁉」」」

轟（とどろ）く悲鳴。

新入生達はもちろんのこと、シトリーやアンジュでさえも、目ん玉が飛び出んばかりの瞠目を見せていた。

「はわ、はわわわわわ……！」

「サ、ササ、聖域の、天井がッ……！」

大量の埃が舞い、煙のように立ちこめる中。

壇上にて、その少女は注目を一身に浴びながら、言った。

「……よっしゃあ！　間に合ったぁ！」

次の瞬間。

「いや間に合ってないわ、このアホンダラァ！」

光の如き速さで以て学園長アンジュが登壇し、少女の頭にゲンコツを叩き込んだ。

「ほげぇっ⁉　な、何すんのよぉ⁉」

「そりゃこっちの台詞だわ、このバカ！　何してくれてんだよ、マジで！」

「むぅ〜。何よ何よ。ちょっと遅刻したってだけじゃないの。ていうかさ、起こしてくれなかったアンちゃんにも責任があるんじゃないでしょ〜かっ⁉」

「あるわけねぇだろ、このクソ寝坊助っ！　あんだけ目覚まし道具セットしといて起きない方がおかしいわっ！　ていうかそっちじゃねぇし！　私が言ってんのは天井のことだよ！　どう責任取るのこれ⁉　ねぇ⁉　あとアンちゃん言うな！　学園長と呼べ！」

「あはははは！　なんだか忙しそうね、アンちゃん！」

「おぉぉぉまぁぁぇぇぇぇぇのせいだろうがぁあああああああああッ！」

再び学園長のゲンコツが少女の軽そうな頭に落ちる。

そんな二人のやり取りを前に、新入生達は騒然となっていた。

「な、なに、あの子……？」

「が、学園長を、アンちゃん呼ばわり……⁉」

「ていうか、どうするのよ、天井……」

どよめきと視線。

少女は事ここに至り、ようやっとそれらに気が付いたらしい。

壇上から新入生達を見下ろすと、その途端、大きな瞳をキラキラと輝かせ、

「みんな〜！　あたし、レヴィー！　レヴィー・アズライト！　皆と友達になるために入学しました！　どうかよろしくお願いします！」

煌めくような笑顔で以て紡ぎ出された言葉。

これを受けて、新入生達のほとんどが顔を顰めた。

不愉快。彼女等がそんな感情をレヴィーに向けるのも、無理からぬ話ではある。

この場に立つ者は総じて大志を胸に抱き、命を賭してでもそれを叶えようとしているの

だ。そんな新入生達からすれば、レヴィーの発言はあまりにも舐め腐ったもので。

そこへさらに。

「レヴィー・アズライトって……歴代最低記録、保持者の……？」

入学生の一人が口にした言葉が、皆々の黒い熱量を強く刺激した。

「そういえば……！」

「信じられないぐらい低い点数の入学生が、居たわね……！」

「……なんであんな点数で入学出来たのかしら？」

国立魔女学園の入学試験は極めて独特なスタイルを採っている。

具体的には……講師陣による選抜制。

入試における座学・実技を講師全員が監督し、その潜在能力を判断。

その結果として、点数が極めて低い者が合格判定を貰うこともある。

そういった入学生は例外なく陰口を叩かれるものだ。

どうせ卑怯な方法で合格判定を手に入れたのだろう、と。

「あの方、この学園に相応しくありませんね」

「どんなふうにイジメ倒してあげようかしら」

「一学期が終わるまでに追い出さなきゃ……！」

入学の資格を持たぬ劣等生が、何かの間違いでこの場に立っている。

彼女等のレヴィーに対する認識はまさにそれだった。

ゆえに多くの入学生達が悪意を以て彼女を排斥しようと、企み事を練り始めたのだが。

「ちょっと皆～！　そんな熱烈な目で見られたら、むず痒くなっちゃうじゃないの～！」

レヴィーは育ちが特殊であるため、人の悪意にとことん鈍感であった。

ゆえに皆のギラついた眼差しも、好意的なそれと受け止めてしまう。

「あぁ～……なんっかホントに背中が痒くなってきたんだけど」

ドス黒い視線を浴びつつ、背面を掻くレヴィー。

だが、なかなかクリティカル・ヒットに至らない。

「かっゆ！　かゆぅ～！」

むきぃ～、っと顔を歪ませながら必死に手を伸ばす。

新入生達からしてみれば、そんなレヴィーの態度は火に油そのものであった。

「舐めてんの、あの子」

「これだけの人数に睨まれて、おどけるだけの余裕があるなんて」

「とことん腹立たしい子ね」

新入生達の頭には強い悪意だけがあった。

それを傍目に見るシトリーは、ひたすらに無関心。

さっきは度肝を抜かれたが、すぐに平静を取り戻していた。

今はこんな馬鹿に関心を持っている場合ではない。

聖杖を、なんとしてでも、この手に収めねば。

シトリーは無駄と悟りつつも、三度目の挑戦に臨まんとする。が、そのとき。

「んぁ～！　なんか、棒的なやつ……あっ！　丁度良いのがあるじゃないのっ！」

目をキランッと光らせるレヴィー。

果たして、彼女の大きな瞳が見据えたのは――台座に挿し込まれた一振りの杖。

「うわ～い！」

レヴィーはシトリーの横を小走りで通過し、

「引っ掻き棒！　ゲットだわ！」

聖杖に手を掛け、そして。

――すっぽぉんっ！

そんな擬音が聞こえてきそうなほど、コミカルに。

あんまりにも、アッサリと。

聖杖が台座から、抜き放たれた。

「「「えっ」」」

目が点になる。

入学生達。

アンジュ。

シトリー。

誰もが呆然(ぼうぜん)とする中、レヴィーは聖杖を自らの背後へ回し、

「んふぅ〜♪　これこれぇ〜♪　ジャスト・フィットよ、ジャスト・フィット〜♪」

気持ちよさげにボリボリと背面を掻き始めた頃。

皆がようやく、現実を受け止めて。

「「はぁああああああああああああああああああああああああッッッ⁉」」

大　絶　叫。

「ど、どうなってるの⁉」

「な、なんであんな劣等生が……！」

「ゆ、夢でも、見てるのかしら……？」

騒然となる場内。そんな中、シトリーはあんぐりと口を開け、目ん玉が飛び出た状態のまま、石のように固まっている。

一方、アンジュは大量の冷や汗を流し、全身をわなわなと震わせながら、

「ちょっ、おまっ。そ、それ、聖杖……」

「せ〜じょ〜？　うん。あたし、めっちゃ正常だけど？」

「そっちじゃないわッ！　このバチ当たりがぁッ！」

渾身（こんしん）のゲンコツをレヴィーの脳天に叩き込むのだった。

――このときの出来事は、後世にて次のように称されている。

〝伝説達の邂逅（かいこう）〟

あるいは――

――〝双璧の馴れ初め〟

第二話　わたしはあなたのことが嫌いです

後にも先にも、こんな大事件が発生することはない。

レヴィー・アズライトが起こしたそれは誰もがそう断言出来るほどの内容だった。

結局、騒動は収まることなく、式典は強制終了。


その後。

レヴィーとシトリーは学園長室へと呼び出され、二人並んでアンジュと向き合っている。

「はぁぁぁぁぁぁぁぁ……」

執務机に両肘を置きながら、アンジュは深々と溜息を吐いた。

「どうしたのアンちゃん？　悩みがあるんだったら相談に乗るわよ？」

「……はぁぁぁぁぁぁぁ」

頭を抱えながら再びの嘆息。

レヴィーは「きょとん」と首を傾げるのみだったが、シトリーには学園長の心労が痛いほどよくわかる。

何せシトリーもまた、レヴィーのせいで心痛を覚えている真っ最中なのだから。

その原因は……レヴィーの背面に提げられた一振りの杖。

自分の手中に収まるはずだった聖杖は、しかし、今や他人の所有物となっている。

まさに泥棒猫。

それだけでも不愉快だというのに。

「……なんですか。さっきからチラチラと」

定期的に視線をこちらへ、いや、正確にはネックレスの方へと向けてくる。

そんな態度が嫌悪感を強めていた。

「え～っと……そのネックレスって、さ」

「あげませんよ、絶対に」

ネックレスを庇うように手で覆い隠すシトリーに、レヴィーは困ったように笑う。

なんということもない表情が、しかし、今はたまらなく腹立たしいものに見えた。

「……なんなんですか、この人」

強いストレスが言葉となって勝手に漏れ出る。

アンジュはこれを質問と受け取ったらしく、三度目の溜息を吐き終えた後、

「この馬鹿、もとい、レヴィーは形式上、私の養子ということになってる」

「……養子？」

「あぁ。かなり複雑な経緯があってね」

ここでアンジュはレヴィーへと目を向け、「説明してもいいかな？」と問うた。

レヴィーはあどけない美貌に苦笑を宿して、「……全部はダメ」と返す。

「あぁ。それは君が話すべき内容だからね。……さておき。レヴィーがここに至るまでの経緯だが……まず、彼女は王国出身ではない。ロストガリア地方からやってきた来訪者だ」

この説明を聞いて、シトリーは怪訝となった。

「ロストガリア地方……人霊戦争が続く土地、ですね」

彼の地方には二つの巨大な勢力が存在する。

大陸内においてもっとも先進的な文明を有するレヴィテト共和国。

精霊達が支配する広大な禁足地、オヴェロニアの神域。

両者は長年にわたって戦乱を続けており……そうだからこそ。

「……共和国から、よくここまで辿り着きましたね」

先程感じた怪訝はそれが原因だった。

共和国から王国へ向かうまでの道程には二つの大きな障害がある。

一つは位置関係。両国を結ぶルート上には精霊達の神域が存在するため、まずここを踏破しなくてはならない。それをクリア出来たとしても……二つ目の障害によって、ほぼ確実に命を落とすことになるだろう。

神域を抜けた先には死の大地と称される砂漠地帯が広がっている。ここには草木は当然のこと、水や食糧になる動物も存在しないため、人類が生存出来る環境ではない。

こうした二つの障害をクリアして王国へ辿り着いたというのは、にわかに信じがたいことだった。

「……まぁ、そこについては詮索しないでくれ。とにかく、レヴィーは王国の出ではないということ。形式的には私の養子であること。今はそれだけを理解してくれればいい」

シトリーは首肯を返した。

訳ありということは、なんとなしに察することが出来た。

そこに対してシトリーはなんの興味も抱いてはいない。

彼女にとって重要なのは、ただ一つ。

「聖杖がなぜ余所者（よそもの）を選んだのか。それを早急に突き止めないと」

「あぁ。非常に面倒な事態になるね」

二人揃ってレヴィーへと目を向ける。

人の機微にやや疎い彼女だが、それでも両者が纏う重々しい空気には気付けたらしい。

「え〜っと。あたし、なんかダメなことしちゃった感じ？」

「そうだよ。ダメダメのダメだよ。そのダメのせいで君は死ぬかもしれないんだよクソが」

「えっ？　し、死んじゃうって……な、なんで？」

「君が背負ってるその聖杖はね、我が王国における神器の一つだ。その扱いは格別の中の格別であり……所有者は否が応でも、さまざまなしがらみを抱えるハメになる」

その杖がただ圧倒的な武威を秘めた装備品というだけだったなら、特に問題はなかった。

アンジュの権限を用いればレヴィーを守ることは容易であろう。

だが……聖杖は史上最強の暴力装置というだけの存在ではないのだ。

「その杖はね、国旗にも描写される程の象徴的存在なんだ。となれば必然、所有者には一定の権威ってやつが付与される。これまではずっと、シトリーの生家がその役を担ってきたからこそ、なんの問題もなく収まってたんだよ」

シトリーの生家、エルゼヴェルは伝説の魔女・メアリーを祖としており、その爵位は公爵となっている。この階級は王族、ないしはそこに連なるほど貴い血筋の名家にのみ与えられるもので、まさに天上人と呼ぶべき存在。

そうした家柄の人間が継承してきたからこそ、これまでは波風が立たなかったのだ。

「……けれど今、国の象徴にして権威そのものである聖杖（せいじょう）は、平民どころか王国の出身者ですらない、余所者の手に渡っている」

「え～っと。もしかして、ヤバい？」

「もしかしなくてもヤバいんだよ。君はまだ人の悪意ってやつを理解しきれてないから、危機感がないかもしれないけどね」

眉間に皺（しわ）を寄せながら、アンジュは今後の展望を予測し、語り始めた。

「もっとも有り得るのは、レヴィー、君の暗殺だろうね」

「あ、暗殺？」

「あぁ。君を亡（な）き者にすれば聖杖はシトリーを選ぶだろうと、そんな短絡的な考えで動く連中は非常に多い。おそらく一月（ひとつき）以内に刺客が送り込まれてくるだろうね」

「ええええええっ⁉　そ、そんなヤバい杖（つえ）だったの、これぇ⁉」

レヴィーは慌てた様子で聖杖を引き抜くと、それをシトリーへ差し出した。

「こ、こんなおっかないモノ、あたし要らない！　あんたにあげちゃう！」

「……それが出来ないから、こうやって悩んでるんでしょうが」

イライラした様子で返しながら、シトリーは一応、差し出された杖へと手を伸ばす。

瞬間、バチッと紅い稲妻が爆ぜ、彼女の手を弾き返した。

「……この通り、聖杖はわたしを拒絶しています」

「えぇっ⁉　あ、あんた、なんか嫌われることでもしたのっ⁉」

シトリーからすると、それは神経を逆なでするような発言だった。

舌打ちしたいところをなんとか抑えて、アンジュへと向き直る。

「聖杖はわたしを拒絶する際、常にこう語りかけてきます。貴女ではない、と。……そこがどうにも、引っかかるのですが」

「ふむ。そうだね。貴女には資格がない、ではなく、貴女ではないというのは……まるで最初から使い手を決めていたかのような口振りに感じるね」

執務机に両肘を置き、瞳を鋭く細めながら、アンジュはレヴィーへ視線をやった。

「聖杖はただの杖じゃない。強固な自己意思を有する、知的生命体に近い存在だ。それを思えば……きっとあのときのことを、覚えているんだろうね」

この発言に対しレヴィーは何も答えなかった。が、目を泳がせまくっているところからして、なんらかの痛点を突かれたことは間違いない。

「……何か、隠してますね」

「えぇっ⁉　ぜ、ぜんぜん何も！　隠してないけどぉ～⁉」

コイツ、嘘が下手すぎる。

ちょっと誘導尋問でもしてやれば簡単に情報を引き出せてしまうのではなかろうか。

シトリーはそのように考えたのだが、どうやらアンジュは真逆の意見らしい。

「残念だけど、そんなに容易い相手じゃないよ、レヴィーは」

やれやれと肩を竦めつつ、彼女は言葉を続けていく。

「ともあれ。今は状況を静観するしかない」

「……打つ手は何もない、と？」

「うん。でも、そうだな」

シトリーを見て、それから、レヴィーへと目をやると、アンジュは次の言葉を放った。

「君達には生活を共にしてもらう。同じ寮の、同じ部屋で、寝食を共にし、同じクラスで多くを学ぶ。その過程において、何かしらのヒントが摑めるかもしれない」

シトリーからしてみれば、意図が読めない内容だった。

そんなことをしたところで聖杖がこちらの手に移るとは思えないし、そもそも泥棒猫との同居生活なんて心の底からごめんこうむる。

さりとて、それを提案した相手はあのアンジュ・レスティアーナだ。

となればもう、こちらに拒否権はない。

「はぁぁぁ……」

負の感情を息に乗せて吐き出すシトリー。

その一方で、レヴィーは目をキラキラと輝かせながら、

「これからよろしくねっ、シトリー！　あんたをあたしのお友達第一号に認定するわっ！」

握手を求め、手を差し出す。

そうしながら太陽のように明るい笑顔を向けてくるレヴィーへ、シトリーは暗黒のような微笑を返しつつ……差し出された手を引っ叩(ぱた)いて一言。

「わたしはあなたのことが嫌いです」

しっかりと目を見て、堂々と胸を張りながら、シトリーは正真正銘の本音を叩き付けた。

「不愉快です。忌々(いまいま)しいです。消え失(う)せてほしいです」

「……照れ隠し？」

「あなたのそういうところも嫌いです。生理的に受け付けません」

「そんなこと言ってぇ～、ホントは照れてんでしょ～？　ねぇ～？」

「……どうして初対面の相手にこうも馴れ馴れしく出来るのか、理解に苦しみます」

ニヤニヤ笑いながら相手の肩をバシバシ叩くレヴィー。

不快感を通り越して殺意を放ち始めるシトリー。

そんな両者を端から見つめつつ、アンジュは深々と溜息を吐いた。

「……前途多難だね、まったく」

第三話　早速やらかしちゃいました☆

　エルゼヴェル家には秘密がある。

　いや、正確には、あったと言うべきか。

　それは伝説の魔女・メアリーの代から続くものであり、決して露見してはならぬ内容であったのだが……四代前の当主の手によって、その秘密は国中に喧伝(けんでん)された。

　およそ、これ以上ないほど最悪な形で。

　その一件以降、エルゼヴェル家の威光は地に墜(お)ち、伝説の末裔(まつえい)は今や呪詛(じゅそ)の一族として忌(い)み嫌われている。

　シトリーが抱える生き苦しさは、そうした負の遺産によるものだった。

「ね、ねえ、あの子……」

「見ちゃダメよ。呪われたいなら話は別だけど」

　寮内にてすれ違う者達の反応は、一様に冷たかった。

　畏怖、憎悪(ぞうお)、忌避。それらは物心ついてからずっと向けられてきた感情であるため、既に慣れ親しんだものではある。

だが……慣れているから何も感じないというわけでは、断じてない。

（本当に呪ってやろうか）

ジクリジクリと、不愉快な胸の痛みを感じながら歩き続け……自室へと入る。

極めて豪奢な、広々とした造り。

そんな室内を構成する家具は総じて最高級。

国立魔女学園に在籍する生徒の大半は貴族の令嬢である。そのため寮の内装や設備は、それに応じて高ランクなもので統一されているのだ。

「ふぅ……」

ドアを閉めて、ベッドへと向かう。

まだ昼前だというのに一日を終えたような気分だ。

（疲れた。とにかくもう、疲れた）

それもこれも、どこぞの馬鹿がやらかしたせいだ。

ベッドに倒れ込んでそのまま眠ってしまいたい。

そんな欲求は、しかし。

先客の存在によって、阻まれることになった。

「………？」

シーツが膨らんでいる。

なんだろう？　と疑問に思い、めくってみると――

「にゃ～」

一匹の愛らしい子猫が、鳴き声を上げる。

「……そういえば、この学園では犬や猫を放し飼いにしてるんだっけ」

なにゆえかは定かでない。学園長の趣味と言う者も居るし、日々のストレスを緩和するための存在であると説明する者も居る。

おそらくは両方とも正しいのではないかと、シトリーはそう思った。

「……ふふ」

シトリーは動物好きである。

幼い頃からずっとそうだ。

人は自分を忌み嫌うけれど、動物達は違う。皆例外なく、シトリーに懐いてくれる。

この子猫にしてもそうだった。

「チチチチチ」

舌を鳴らしながら指を差し出すと、子猫は警戒することなく、じゃれつき始めた。

「ふにゃ～ん」

「ふふふ。キミは可愛(かわい)いにゃ～♪」

頬を緩めながら、子猫相手に戯(たわむ)れるシトリー。

「にゃ～ん、にゃ～ん♪」

抱き上げたり、頬を擦り合わせたり、

「すぅ～はぁ～」

匂いを全力で嗅ぎまくったりと、存分に子猫との遊戯を堪能(たんのう)した末に。

「今日からキミはわたしの友達にゃ～♪　このお部屋とわたしのこと、ちゃんと覚えるんにゃよ～？」

ベッドに揃(そろ)って寝転がりながら、相手の頭を撫(な)でて呼びかける。

と――

「もっちろんだにゃ～♪」

一瞬、子猫が人語を返してきたのかと、そう思った。

しかし、違う。

この声には、聞き覚えがある。

ぎぎぎぎぎ、と体を軋ませながら背後を振り向く。

そこに立つ第三者の姿を認めた瞬間、シトリーはもう、感情がエラいことになって、

「ほげちょらっちょおおおおおおおおっ⁉」

奇声を放ちながら、弾かれたように跳躍し、くるくると回転しながら後方へ。

そして着地すると同時に、シトリーは対面に立つ少女、レヴィーへ問うた。

「………………どこから見てたんですか？」

「ん～？　最初っからだにゃ～♪」

返答を受け取ると同時に、脳内にて「ブチリ」と何かが切れたような音が鳴り響く。

「ほわぁあああああああああああああっ！」

気付けば駆け出していた。

あの軽そうな頭をブッ叩いて、記憶を消去するために。

そんなシトリーの狂気めいた感情に対し、レヴィーは何か勘違いをしたようで。

「あっ、追いかけっこね！　さっき猫ちゃんとやってたみたいに！」

「きしゃあああああああああああっ！」

広々とした室内をドタバタ走り回る二人。レヴィーが楽しげに笑う一方で、シトリーは
顔を真っ赤にしたまま壊れたように叫び続けた。

ムニムニ
ムニムニ
ムニムニ

「わぁぁぁぁすぅぅぅうれぇぇぇぇろぉおおおおおおおっ！」

「え～？　何をだにゃん？」

「さっきまでの記憶ぅううううう！　ぜぇぇぇんぶぅうううううう！」

「もしかして恥ずかしいのかにゃん？　だったら気にすることないにゃん♪　あたしも猫ちゃんは大好きだにゃん♪」

「にゃんって言うなクソがぁあああああああああああっ！」

「え～？　なんで～？　シトリーもやってたにゃん♪　可愛かったからあたしも真似するにゃん♪　にゃ～ん、にゃ～ん♪」

「んぁあああああああっ！　ごろじでやるぅうううううううううっ！」

シトリーが放つ本気の殺意を、レヴィーはちっとも理解していなかった。友達（勝手に思ってるだけ）と楽しく追いかけっこをしているのだと、本気でそのように認識している。

その後、かれこれ三〇分ほど走り回った末に……シトリーの体力が尽きた。

「ぜひぃ～……ぜひぃ～……」

汗びっしょりになってその場に倒れ込む彼女へ、レヴィーは涼しげな顔のまま、

「あれ？　もうお終い？」

「かひゅ～……かひゅ～……」

床に転がった状態でレヴィーを睨むシトリー。

そんな彼女の傍へ子猫が駆け寄ってきて、「にゃ～ん」と鳴き声を送る。

「あはは！　お疲れ様、だって！」

「ぜぇ……ぜぇ……適当な、こと、言わないで、ください……」

「いや適当じゃないわよ！　あたし動物の言葉がわかるもん！」

これに対し子猫が再び「にゃ～ん」と鳴く。

「うん、あたしレヴィー！　今日からよろしくね、猫ちゃん！」

腰を下ろし、手を差し出すと、子猫は彼女の方へと駆けていった。

「あははは！　高い高～い！」

「にゃ～ん」

「あなたのお名前、なんて～のっ!?」

「にゃ～ん」

「シュバリエっていうのねっ！　じゃ～、シューちゃんって呼ばせてもらうわっ！」

猫とじゃれ合い始めたレヴィーを目にして、シトリーは思う。

（……やっぱり、嫌いだ）

心の中で毒づいていると、次第に呼吸が整ってきた。

体力を使い果たしたからか、頭も冷えている。

「ふうううう」

一呼吸してから、シトリーは自らのベッドへ腰掛け、思索する。

（聖杖に選ばれるまで、この人と同室）

（あまりにも嫌すぎる……！）

憎々しげに見つめていると、レヴィーはまた何か勘違いをしたようで。

「あっ！　わかった！　あんたも学園の探索がしたいのね⁉」

「……は？」

「まさか同じこと考えてるだなんて！　やっぱりあたし達、相性バッチリだわ！」

「……何を言ってるんですか、あなたは。学園の探索だなんて、なんでそんな」

「よぉ〜し、そうと決まれば！」

「聞けよ話」

棘のある言葉と視線を受けても、レヴィーは止まらなかった。

シトリーへ近寄り、ガシッと腕を摑むと、

「れっつらご〜っ！」

「いやだから――――ってうわぁあああああああああ⁉」

とんでもない速度で走り出したレヴィー。

寮内を爆走する最中、シトリーは引き摺られる形で強制移動。

王国の西部では罪人の足と馬の体を結び付け、街中を引き摺り回すといった刑罰があるという。きっと彼等はこんな気持ちになっているに違いない。

「あははははははははははは！」

「止まれバカぁああああああああ！」

まるで嵐の渦中に居るような感覚を味わいながら、シトリーは心の底からこう思った。


（なんだコイツ……！）

◇◆◇

本日は休校日であるため、授業は行われていない。

それゆえに校庭の只中は閑散としており、二人に目を向ける者は皆無。

そんな状況にシトリーは感謝の念を抱いた。

もし多くの生徒がこの場に居たなら、大恥をかいていただろうから。

主に、隣を歩く馬鹿のせいで。

「うわぁ～！　建物が建ってるぅ～！」

アホ丸出しであった。

キョロキョロと周りを見回しながら、目に映る全ての概念にオーバーなリアクションを行うレヴィー。その隣を歩きつつ、シトリーは深々と嘆息し、

「なんですか、あなたは。建物が何一つない山奥で育ったんですか」

「うん！　あたしの故郷には人が建てたものなんて、ひとっつもなかったの！」

この発言に対し、シトリーは眉を顰めた。

「……共和国に、建物がないような場所があるんですか？」

彼の国は先進的な文明を有していることで知られている。風聞が確かなら、レヴィーの言葉はありえない内容ということになるのだが。

「……精霊達との戦で、故郷の建造物が崩壊した、とか？」

「えっ、あっ、その」

「しかしそれだと、建物を見たことがないといったニュアンスとは矛盾が生じますね」

「あっ、えっ、うっ」

どうやら先程の発言には不都合な真実が含まれていたらしい。

レヴィーの慌てふためいた調子を見るに、それは明らかであった。

「えっと、そのぉ…………あぁあああああ！　なぁんか声が聞こえるなぁああああああああああ⁉　何してるんだろうなぁあああああああああ⁉」

あからさまな態度を取りつつ、そっぽを向くレヴィー。

その視線の先には一匹の子猫、シュバリエがちょこんと座り込んでいた。

「シューちゃんも気になるよねぇえええええええ⁉」

「にゃ～ん」

「よぉ～し、じゃあ声の方へ行ってみましょっかぁああああああああ！」

声の方へと歩き出す、一人と一匹。

その背中をジットリとした目で見つめながら付いていくシトリー。

果たして、彼女達が辿り着いたのは、運動場であった。

休校日であるにもかかわらず、そこには多くの生徒達が居て。

「スピード、スピード！」

「飛び方が直線的過ぎる！　そんなんじゃ捕まるわよ！」

地上に立つ少女等が空を見上げながら、声援を飛ばし続けていた。

皆の視線、その先には、箒に跨がって飛び交う少女達の姿がある。

「うわぁ～！　あの子達、何してるの～⁉」

目をキラキラさせながら大声を出すレヴィー。

少女等はそれを受けて、視線を空中から彼女へと移し、

「誰かしら？」

「見慣れぬ顔ですし、新入生でしょう」

もし、この場に立つ者がレヴィーだけだったなら、誘いの言葉でも投げかけてくれたかもしれない。だが彼女等はシトリーの姿を目にした瞬間。

「っ……！」

「エルゼヴェル家の……！」

大半が畏怖の情を見せ、慌てて視線を空中へと戻す。

そんな態度にレヴィーは小首を傾げながら、

「あれ？　おっかしいわね？　まるで無視してるみたい」

「……みたいではなく、事実ですよ、それは」

溜息を吐くシトリーに、きょとんとするレヴィー。

「さっさと移動しましょう。この場に居たところで意味は――」

ない、とそう続ける直前。

「あら。お二人も倶楽部見学にいらしたの？」

彼女等に声をかける者が現れた。

スラリとした長身の美しい少女。

ウェーブのかかった金色の美髪と艶やかな化粧、しゃなりとした立ち振る舞い。

そんな見た目からして、貴族の令嬢であることは間違いない。

実のところ、シトリーには彼女の顔に覚えがあった。

「……ミランダ・アルトネリア」

自身と同じく公爵家の令嬢であり、同級生の一人でもある。

そんな彼女の傍には小柄な少女が立っていて。

「がるるるる……！」

紅い髪を逆立てながら、威嚇する犬のように喉を鳴らしている。

まるで「気安く見てんじゃねぇよ」といわんばかりの目付きであるが、レヴィーは少女の態度などまったく気にすることなく、

「倶楽部見学って、なぁ～に？」

「そのままの意味ですわよ。本校にも多くの倶楽部活動がありますの。いま目の前で展開されているのは、その中でも一番人気のそれ。フライング・ボールの練習風景ですわ」

フライング・ボールとは王国内でもっとも盛んな魔法競技である。

九人で一組のチームを作り、宙に浮かぶ魔法のボールを相手チームと奪い合う。それを保持した者が、空中に設けられた相手コートのゴール・ポイントへ到達したなら大得点、シュート・ポイントへボールを投げ込んだなら小得点が付与され、制限時間内に獲得したポイントで勝敗が決定する。

「わたくしもこのスポーツが大好きでして。お二人とも、よろしければ一緒に体験入部いたしませんか？」

にこやかに提案してくるミランダに、シトリーは警戒心を抱いたのだが、

「うんっ！　よくわかんないけど、やるっ！」

三歳児か。

レヴィーの態度にシトリーは深々と溜息を吐いた。

「では先輩方。箒を四本、お借りいたしますわよ」

シトリーとは違って、ミランダは無視が出来ない公爵令嬢である。

その威光に比べたなら、先輩の威厳など塵芥(じんかい)ですらない。

「ど、どうぞ、ミランダ様っ！」

「た、体験などとおっしゃらず、どうか我が部に籍をっ！」

媚（こ）びへつらう先輩達に礼を述べてから、ミランダは受け取った箒の一本をレヴィーへと渡し、

「ところで貴女（あなた）、箒の経験はお有りかしら？」

「ん～ん。いっかいもない」

「ではまず、飛行の仕方から学ぶ必要がありますわね」

言うと同時に、ミランダは手本を見せてきた。

「こちらの箒は一般的な掃除道具ではなく、飛行を行うために造られた魔道具ですの。だから柄に跨がって魔力を流し込めば……このように、浮き上がりますわ」

ふわりと宙に浮いてみせながら、ミランダは説明を続けていく。

「この状態で流し込む魔力量を調整しつつ……昇るイメージを行えば上昇。降りるイメージをしたなら下降。移動についても同じ要領となりますわ」

空中を自在に飛び回るミランダの姿に、レヴィーは目を輝かせた。

「うわ～！　すっごく上手ね！　よくわかんないけど！」

「……わからないなら言わなきゃいいのに」

シトリーのツッコミなど耳に入ってないらしい。

レヴィーはミランダの真似（まね）をするように、箒へと跨がって、

「え～っと。魔力を流し込んだら浮くのよね？　で、そっからイメージすれば」

「ええ。自由に飛び回れますわ」

「えへへ。あたし、ちゃんと出来るかな？」

「大丈夫。コツを摑む必要はありますけれど、特に難しくはありませんわ」

「そっかぁ。よぉ～し、じゃあ」

　魔力を流し込む。

　その瞬間、箒が宙へと浮き上がった。

「わぁ！　出来――」

　子供のように成功を喜ぶ、その最中。

　ぶびゅぉおおおおおおおおおおおおおんっ！

　凄まじい轟音を放ちながら、レヴィーが天高くへと、一瞬にして消え失せた。

「「「えっ」」」

　場に居合わせた者全員が、ぽかんと口を開けた、そのとき。

「ほぇえええええええええええっ!?」

　蒼天の只中に浮かぶ黒点（おそらくはレヴィー）から悲鳴が放たれた直後。

　ずどぉおおおおおおおおおおおんっ！

再び轟音が鳴り響き、黒点の周囲にリング状の何かが発生。

それからすぐ。

ばごぉおおおおおおおおおおおおおんっ！

校舎の一部がド派手に崩壊し、そして。

「うぎゃああああああああああっ⁉」

「わ、わたしの壺がぁああああああああっ⁉」

「ちょっとぉおおおおおお！　どうなってんのよぉおおおおおおおおお！」

校舎の内部にて、凄まじい破壊音と阿鼻叫喚が、飛び交っている。

その末に。

ドッカァアアアアアアアアアアアン！

いかなる経緯によるものかは定かでないが……

なんか、校舎が爆発した。

「「「…………」」」

沈黙。

運動場に居合わせた者達は皆、そうすることしか出来なかった。

完全に崩壊し、瓦礫の山となった学園。

そんな中で。

「入学初日からッ！　何度やらかしゃ気が済むんだッ！　このクソ馬鹿タレがぁああああああああああああああああああああああああああッッ！」

学園長アンジュによる怒りの雄叫(おたけ)びと、レヴィーの脳天をカチ割るゲンコツの音が、溶け合う形で響き渡る。

「にゃ～ん……」

どこかげんなりとした声色で鳴く子猫のシュバリエ。

その場に居合わせた者達もまた、同じ感情を言葉に乗せて紡(つむ)ぎ出した。

「「やべぇ奴(やつ)が入ってきちゃったなぁ……」」

学園長にして上位貴族が一人、アンジュ・レスティアーナ。

彼女は王国の歴史上、三人しか確認されていない、時空魔法の使い手であった。

その業で以(もっ)て学園の修繕を完了した後、アンジュはレヴィーへ一言。

「今日一日、寮から出るな」

ゲンコツをしこたま貰ったレヴィーは、泣きべそをかきながら頷くしかなかった。

……そして現在。

「ねぇねぇ～！　シトリーってばぁ～！」

「……静かにしてください。読書中です」

「つれないこと言わないでよぉ～！」

「……遊び相手ならシューちゃんが居るでしょう」

「シトリーも一緒がいいのぉ～！」

寮の自室にて。

一方的にじゃれついてくるレヴィーに鬱陶しさを感じながら、シトリーはつい先刻の出来事を思い返し……ある疑念を抱いた。

（あの箒の反応。どう考えてもおかしい）

レヴィーが起こした大騒動のインパクトは、その本質を見事に覆い隠していた。

しかしシトリーは見抜いている。

この、無邪気にちょっかいをかけてくる、ルームメイトの異様さを。

（誰もが箒の故障と決めつけていたけれど……）

（もしそうだったなら、そもそも浮くことすらありえない）

（だからあんなにも天高く昇るはずがないし、それに）

天空にて生じたリング状の何か。

あれは物体が音速へ至った際に発生する衝撃波であろう。

（……箒で音速飛行なんて、ありえない）

箒の飛行速度は流し込んだ魔力量に応じて上下動する。

記録上の最高速度保持者はアンジュ・レスティアーナであるが……

現代最強と謳（うた）われる彼女ですら、音速の壁を打ち破れてはいないのだ。

（……この娘（こ）、ただの馬鹿じゃ、ない）

シトリーの膝に寝転がって気持ちよさそうに微笑（ほほえ）んでいる姿からは、想像も出来ないが。

レヴィー・アズライトはやはり、只者（ただもの）ではない。

（……この人が聖杖（せいじょう）に選ばれたのは、もしかして）

（単純に、わたしよりもずっと優れているから？）

であれば、歴代最低記録保持者とはいったいなんだったのか。

疑問が疑問を呼ぶ。しかし、答えは出ぬまま、

「すんすん……ねぇシトリー、なんか良い匂い、しない？」

「……食堂から料理の匂いが漏れてるんでしょう。そろそろ夕飯時なので」

「えっ、ごはんっ⁉」

シトリーの膝からバッと離れると、レヴィーは彼女の腕を摑んで一言。

「よ～し、そうと決まれば！」

あっ、デジャブ。

そう思った頃には、既に。

「れっつらご～！」

「いや、ちょっ――うわぁあああああああああああっ⁉」

ま～たコレか。

二度目の強制移動。

足が引き摺られ、摩擦で熱を帯びていくのを感じながら、シトリーは叫んだ。

「食事なら！　一人で！　行ってください！」

「なんで～⁉　一緒に食べましょうよっ！」

「わたしは！　誰かと食事なんて！　したく！　ない！」

「あはははは！　なに食べよっかなぁ～！　あはははははは！」

「人の話を聞けぇえええええええええええええええっ！」

迷惑だと、そう叫ぶシトリー。

だが「心の中にはもう一つ、別の感情があった。それは友愛という――」

「思ってないから！　勝手にわたしの心境を改変するのやめてくれませんかねぇっ⁉」

「え〜⁉　でも今、ちょっと楽しいでしょ⁉」

「楽しくないっ！」

「ほんとにぃ〜？」

「楽しくないったら楽しくなぁあああああああああああいっ！」

シトリーの絶叫が寮内に木霊する。

「彼女は気付いていなかった。自らの頬が、僅かに緩んでいることを――」

「いや風圧で歪んでるだけだわ！　ていうかしつこいな！　いい加減にしろ！」

なんだコイツ。

再びそう思ったシトリーの胸中には、最初のときと比べ、小さな変化があったのだが。

レヴィーの言う通り、当人がそこに気付くことはなかった――

第四話　決闘展開とは、お菓子を食べることと見つけたり！

この三年間、シトリーは夜ごと同じ夢を見続けていた。

それはエルゼヴェルが背負うモノとは違う、彼女だけの呪詛。

最愛の母、アイシャと過ごした最後の時間が、延々とループし続けている。


「三一歳、か。エルゼヴェルとしては、長生きした方ね」


寝台に横たわる母を前にして、シトリーは歯噛みすることしか出来なかった。

痩せ細り、骨と皮だけになった体。その随所には黒々とした刻印が広がっている。

これもまた、エルゼヴェル家の血族に課せられし過酷な宿命の一つ。

即ち――呪魂の病魔。

エルゼヴェルの血を引く者は皆例外なく一五歳になる頃にはこの病を発症し、若くして命を落とす定めにある。

「お母さん……！」

わかっていたことではある。覚悟していたことでもある。

だがそれでも、シトリーには受け入れがたいことだった。

最愛の母が居なくなるだなんて、受け入れられるはずがなかった。

「そんな顔をしないで、シトリー」

紡ぎ出される声は弱々しく、まさに今際の際そのものであったが……それでもアイシャの口元には微笑が浮かんでいた。

「落ち込むことはないわ。わたしが居なくなっても、貴女にはあの子が居る」

あの子。

それは、たびたび母の口から語られた存在。

終ぞ姿を現すことがなかった、アイシャの待ち人。

今、彼女の脳裏にはその姿が鮮明に浮かんでいるのだろう。

母は遠い目をしながら、首元に提げていたネックレスを握り締め、

「……貴女に言われた通り、毎日魔力を込めながら祈ったわ。きっともう、準備は出来ているのでしょうけど……間に合いそうもないわねぇ」

やれやれと嘆息すると、アイシャはネックレスを外し、そして。

「シトリー、これを、貴女に託す」

ネックレスを差し出しながら、アイシャは語り続けた。

「これはね、絆の証であり、約束の象徴なの。でも、わたしはそれを果たせなかった。だから代わりに、貴女が──」

咳き込む。

その口からは紅いモノが吐き出され、いよいよ以てそのときが来たのだと、場に居合わせた者達全員が覚悟した。

しかしただ一人、シトリーだけはそれを受け入れることが出来ず、

「やだ……！　やだよ、お母さん……！　死なないで……！」

縋り付く愛娘の頭を優しく撫でながら、アイシャは微笑む。

「ネックレスを、肌身離さずに、ね。そうしたなら、きっと、気付いてくれる、から」

一方的だった。

シトリーのことを見ているようで、実のところ、もはや母には何も見えてはいない。

その意識は既に冥府へと向かいつつあるのだろう。

母の口から紡がれる言葉が次第に、自己完結的なものへと変わっていく。

「あの子は内面を見せたがらない子だった。だから、その弱さに、気付いてあげられなかった。あの子は図太いようでいて、繊細で。誰よりも強いようでいて……儚く、脆い」

最後の力を振り絞って、娘の頭を撫でながら——

母は、娘へと言葉を贈る。

最後となるであろう、それを。

新たな呪いになるであろう、それを。

「——貴女があの子の、友達（すくい）になってあげて」

シトリー・エルゼヴェルの朝は、鬱々とした目覚めから始まる。

幾度陽（ひ）が昇ろうとも、彼女の夜明けは未（いま）だ訪れることなく。

本日も嘆息と共に起き上がりながら、待ち人について思いを馳（は）せた。

「…………母の妄想。それ以上でも以下でもない」

彼女の形見たるネックレスを握り締めながら、呟（つぶや）く。

アイシャの末期（まつご）から数年。待ち人が現れる気配は一向になく、それゆえにシトリーは諦観を抱いていた。

自分を孤独という苦痛から解放してくれるような待ち人など、存在しないのだと。

「…………」

寝間着の袖口をめくる。

そこには闇色の刻印……即ち、罹患（りかん）の証が広がっていた。

「きっと、わたしも」

母のように死ぬのだろう。

別に怖くはない。むしろ望むところだった。

死んでしまえば全ての苦痛から解放されるのだから。

シトリーにとってはそれこそが救い、なのだが。

「あと、どれぐらいかかるの、かな」

少なくとも明日、明後日（あさって）の話ではなかろう。

長ければ一〇年以上、精神的な責め苦に耐え続けなければならない。

最愛の母を喪（うしな）った今、シトリーには支えがなかった。そんな彼女にとって、救いを得るまでの時間はあまりにも長く……

ゆえにこそ、せめて、この苦痛に理由が欲しかった。

「聖杖（せいじょう）の担（にな）い手（て）になれたなら。それが生きる理由になったのに」

誰もが忌避する重責を、むしろシトリーは望み続けていた。

それを背負ったなら全ての苦痛を「仕方がない」ものとして受け入れることが出来る。

だが現実は――

「どうして、選んでくれないの」

壁に立てかけられた聖杖へ呼びかけるが、返答はない。

深々と嘆息しつつ、シトリーはベッドから降りて窓際へ。

それからカーテンを開け放ち、室内を陽光で満たすと、

「憎ったらしさを通り越して、いっそ清々しいな、この熟睡っぷりは」

口元をヒクつかせるシトリー。

その視線の先には、別のベッドで眠る少女、レヴィーの姿があった。

「すやぴぃ～♪」

鼻提灯を膨らませながら安らかに寝息を立てる。そんな彼女の様子は自分とあまりにも対照的で、実に不愉快であった。

「悩みとかこれっぽっちもないんだろうな、コイツは……！」

唇を噛みつつ、シトリーはすやすや眠り続けるレヴィーを起こすべく、声をかけた。

「朝ですよ。起きてください」

億劫極まりない。本音を言えば、ほったらかしにしたかった。

しかしこの馬鹿、起こさなければいつまで経っても目覚めそうにない。

もしコイツが遅刻したなら連帯責任としてルームメイトの自分まで罰せられてしまう。

だからシトリーは嫌々ながらも、レヴィーを起こしにかかるのだが。

「起きてくださ～い」

「すぴぃ～♪」

「起～き～て～く～だ～さ～～～い！」

「すぴっぴぃ～♪」

「起ぉ～きぃ～ろぉ～！」

「すぴっしゃあ～♪」

「……起きろっつってんでしょうがぁああああああああああああ！　ていうかなんだ、すぴっしゃあ～って！　そんな寝息があってたまるかぁああああああああああ！」

全力で揺さぶっても、耳元で大音声を放っても、ちっとも目覚めやがらない。

「コイツ、息の根止めてくれようか……！」

口を塞いで呼吸出来なくなれば、否が応でも起きるだろう。

シトリーはそんな乱暴過ぎる手段を迷いなく実行しようとする。

が、そのとき。

「むにゃあ～♪」

すぐ傍に寄っていたシトリーの体を、レヴィーが抱き寄せて。

ベッドへと引き込んでくる。

「なっ、ちょっ」

抵抗する暇もなく、添い寝の形になるシトリー。

最初、抗議の声でもあげてやろうかと、そんな風に思ったのだが——

しかしいつまで経っても、口を開くことが出来ない。

抱き締めてくるレヴィーの柔らかさと温もりが、どこか懐かしく感じられて。

少しだけ頬を赤らめながら、シトリーは呟いた。

「…………ムカつく」

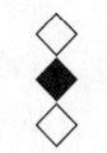

自分を抱き締めてくれたのは、母だけだった。
レヴィーとの添い寝はそんな母の抱擁と似ていたがために、シトリーは結局、長々とそ

れを受け入れてしまい――

「遅ぃぃぃぃぃ刻、遅刻ぅううううううううっ！」

「ほぎゃああああああああああああああああっ⁉」

爆走するレヴィーに引き摺られる形で、登校するハメになった。

その道中、校内に飾られていた絵画だの壺だのを破壊して回ったため、おそらくは放課後、アンジュにたっぷりと絞られることになるだろうが、とにかく。

「間に合ったぁ～！」

「は、吐きそう……！」

遅刻ギリギリのタイミングで教室へと到着。

それと同時に視線が二人へ集中し……すぐに散った。

目を合わせてはいけない奴等。シトリーだけでなくレヴィーもまた、そんな評価に落ち着いている。

が、当人はそんな扱いなどまったく気にすることなく、

「え～っと、どこ座ればいいの？」

「……自由形式なので、どこでもいいです」

「じゃあ、あそこ！　隣同士で！」

嫌だと言っても無理矢理腕を引っ張ってくるのだろう。

シトリーは溜息を吐きながら頷いた。

そして最後列の座席に二人揃って腰を落ち着けた、そのとき。

一人の女性が教室へと足を踏み入れた。

モノクルを掛けた理知的な風貌。それを生徒達へ向けながら、彼女は口を開く。

「はい皆さん、こんにちはぁ～。私はエマ・ホーキンス。これから一年、貴女達の担任を務めさせてもらいまぁ～す」

利発そうな容姿に反して、その口調は間抜けのようであるが、しかし。

シトリーは知っている。彼女の苛烈な内面を。

「ん？　どったの、シトリー？　汗びっしょりだけど」

「……べ、別に、なんでもありません」

エマは子爵の階級を有する貴族であり、極めて優秀な魔女だ。

そんな彼女はシトリーの父を中心人物とした派閥に属しており、そうした縁から、長らくシトリーの家庭教師を務めていた。

「ほ、ほんとに大丈夫？　めっちゃガタガタ震えてるけど」

「か、かかか、かまわないで、くださ、さささささ」

エマの教育方針は鞭鞭アンド鞭であり、飴を与えることなど一切ない。

彼女に厳しく指導された記憶はシトリーにとって最大級のトラウマであった。

「え〜、初回の授業ですがぁ〜。まずはホームルームの時間を取りましてぇ〜。学級長を決めたいと思いまぁ〜す」

一般的な学園において、そのポジションが大きな意味を持つようなことはない。

だが、国立魔女学園においては話が大きく異なってくる。

厳しい入試をクリア出来る者は高度な教育を受けてきた人間が大半であるため、必然的に、入学者のほとんどは貴族の令嬢か富豪の娘。となれば学内での立ち位置という一般的にはどうでもいいような要素に対しても、家のメンツが絡んでくるもので。

「立候補、もしくは推薦などありますかぁ〜?」

皆、我こそはと手を挙げたい場面であろう。

彼女等にとって、学内での立ち位置はある種のバロメーターとなる。

特に学級長や学年長、生徒会所属といった肩書きは極めて強い。

そうした学園内で目立つポジションに就けたなら、社交界へ出た際に有利となるし、生家の名誉にも繋がってくる。

だから皆、自分が学級長に相応しいとアピールしたいところ、なのだが。

立候補しようとする者は誰一人として居なかった。

その理由はやはり――絶対的な上位者の存在であろう。

「わ、私はミランダ様が適任かと、存じます」

ミランダ・アルトネリア。

先日、二人と共にフライング・ボールの倶楽部（クラブ）活動を体験した少女。

彼女は公爵家の御令嬢であり、他の貴族令嬢とは一線を画する存在だ。

階級が少しばかり上の相手であったなら、皆、若さゆえに臆することはなかった。

だが、まともに扱うべき公爵令嬢が相手となると、誰もが尻込みせざるを得ない。

「まぁ～、そうなりますよねぇ～」

これで話は決まりだと、エマがそのように決定付けようとした、そのとき。

「お待ちくださいませ、皆様方」

小さく挙手をしながら、ミランダ当人が凛（りん）とした美声を放つ。

「このクラスにはお一人、わたくしと同格の適任者がいらっしゃるではありませんか」

一瞬、皆はシトリーのことかと思ったが……すぐにそうした考えを脳内から排除した。

エルゼヴェルは確かに公爵家であるが、かつて引き起こした惨事の責任を取る形で、その権限は大半が剝奪されている。ゆえにエルゼヴェル家の令嬢たるシトリーは実質的に、底辺貴族のそれと同じ扱いを受けているのだ。

であれば一体、誰がミランダと同格だというのか。

生徒一同、総じて首を傾(かし)げる中。

ミランダ本人が、その答えを口にする。

「──ミス・レヴィー。貴女もまた、長(おさ)の資格がありましてよ」

沈黙。

生徒達は皆「えっ?」という顔をしながら黙りこくった。

これはよもや、公爵家ジョークというやつであろうか? そんな空気も流れたのだが
……ミランダの表情は真剣そのものである。

「聖杖に選ばれし者が学級長として皆を導く。十分、筋の通った話ではなくて?」

皆、どう返せばよいものか、わからずにいた。

レヴィーは確かに聖杖に選ばれてはいるものの、どこの馬の骨ともわからない。

さらには入試における点数が歴代最下位というマイナス・ブランドまで持っている。

ここは反対意見を述べるべきだが、しかし、ミランダが放つ圧倒的お嬢様オーラを前に、
それを口に出来るような者は居なかった。

──ただ一人、レヴィー本人を除けば。

「やだっ！　そんな役、ぜったいやりたくないっ！」

その瞬間、どよめきが起きた。

学級長は誰もが欲しいポジションである。それを全否定するレヴィーは、誰の目にも異常な存在として映った。

しかしそうだからこそ、ミランダは彼女への興味を深めたらしい。

「ほほう。なぜそう思われるのですか？」

「学級長ってさ、クラスで一番エラい人ってことでしょ？　だからイヤ」

「権力や肩書きに興味はないと？」

「うん！　あたし、皆と同じ目線で居たいから！　もう責任だの役目だの、そんなのに振り回されるのはこりごり！」

「……その口振り、かつては重責を担（にな）っておられたと、そのように解釈しても？」

「……じゅうせきぃぃぃぃぃ!?　そんな難しい言葉、ぜぇ～んぜんわっかんなぁぁぁぁぁぁぁぁぁい！　だってあたしはお馬鹿さんだからぁぁぁぁぁぁぁ！」

クルクルと道化のように踊りながら、唄うように叫ぶレヴィー。

そんな彼女の様子にミランダはくすくすと笑って、

「まぁ、貴女の過去については横に置くとして。……わたくしが推薦を取り下げない限り、貴女が学級長候補であるという事実は変わりませんわよ」

「ええ〜⁉　やだやだ！　学級長の椅子なんてあんたに――」

なおも否定的な言葉を口にしようとするレヴィー。

それを遮る形で。

ミランダの隣に居た赤髪の少女が、怒声を放った。

「やいやい！　さっきから聞いてりゃ、ミランダ姐様に口答えばっかしやがって！　何様のつもりだ、こんちくしょうめっ！」

当人としてはドスを利かせたつもりなのだろうが……高い声音と子犬めいた愛くるしい外見のせいで、ちっとも恐くなかった。むしろレヴィーからしてみれば、

「あら〜可愛いわね〜。お名前、なんていうの〜？」

「ふふんっ！　耳の穴かっぽじって良く聞け！　ボクはガルム！　ガルム・エステリーナ！　ミランダ姐様、一の子分だ！」

胸を張って「えっへん」と鼻息を鳴らす。そんな姿は小動物のように愛らしく、見る者全ての心を癒した。

「あら〜可愛いわね〜。歳はいくつなの〜？」

「お前と同じで一五だよっ！　ていうかさっきからなんだっ！　気安く頭を撫でるんじゃ

ないっ！　ボクの頭をナデナデしていいのはミランダ姉様だけなんだからなっ！」

レヴィーの手を引っぱたいてから、キッと彼女を睨め付けると、

「お前なんぞに学級長の座は重すぎる！　我等がミランダ姉様こそ適任だ！」

「そうよね！　ミランダってばなんだかエラそうだし！」

「あぁん⁉　お前いま、姉様のこと馬鹿にしたなぁ⁉　ふんぞりかえってエラそうにしてるだけの無能だってよぉ～！」

「えっ、そんなこと言ったつもりじゃないんだけど」

困惑気味のレヴィーを「びしっ！」と指差しながら、ガルムは叫んだ。

「ミランダ姉様！　コイツ調子こいてますよ！　シメた方がいいんじゃないっスか⁉」

ガルムの言葉にミランダは穏やかな微笑を浮かべつつ、次のように返した。

「まぁまぁ。落ち着きなさいな、ガルム」

「いやでも！　コイツ姉様のこと態度がデカいだけのカス女って言ったんスよ⁉」

「……貴女は本当に、拡大解釈が過ぎますわねぇ」

苦笑しつつ、ミランダはレヴィーへと顔を向けて、

「ガルムの言い分に乗るわけではありませんが……しかし、わたくしの目的を思えばやはり、それが一番手っ取り早い。そういうわけでミス・レヴィー」

ニッコリ、眩いほどの笑顔を作りながら、ミランダは言った。

「わたくしと決闘をいたしましょう」

沈黙、再び。

誰もが彼女の意図を理解出来なかった。

そんな中、皆が思っていることを、レヴィーは直接本人に問い質した。

「ど、どうして、決闘なんか」

「先程申し上げた通り、手っ取り早いから。それ以上でも以下でもありませんわ」

これから戦うかもしれない、そんな相手に対して、しかしミランダは穏やかな調子を崩さぬまま言葉を紡ぐ。

「わたくしと貴女は今、互いに譲り合えない状態にある。となればもはや、やることは一つ。コレで勝敗を競い、どちらが我が儘を通すかを決める。それだけですわ」

己が眼前にて握り拳を作ってみせるミランダ。

そんな彼女に対し、レヴィーは渋い顔をして、

「け、決闘だなんて……そんなのイヤよ。あたし、あんたのこと嫌いじゃないもん」

「あら嬉しい。わたくしも貴女のこと、嫌いではありませんわよ」

「えっ。じゃ、じゃあなんで、決闘なんか」

傷付け合うことを躊躇わぬ相手でないというのなら、なぜそれに誘ってくるのだろう。

レヴィーからしてみれば闘争は常に生き死にの世界だった。悲しいことだけれど、戦うということは彼女にとって、相手を殺す以外の目的を見出せないものだった。

しかしミランダは違う解釈を持っていたらしい。

「闘争という概念は交渉手段の一つであると同時に……究極のコミュニケーションでもある。わたくしはそのように考えておりますの」

「究極の、コミュニケーション？」

「ええ。ヤり合うことによってしか深められない理解というモノもあるのだと、わたくしはそう思っておりますわ」

「…………」

「ミス・レヴィー。この際、学級長云々の話は捨て置きましょう。正直なところ、誰がその椅子に座ろうがどうでもいいのです。わたくしは貴女をもっと知りたい。あわよくば、友人になりたいと、そのように考えておりますの」

その発言に皆が口をあんぐりと開ける。

公爵家の御令嬢が。それも、弱冠一五歳にして名を上げつつある有望株が。

あんなよくわからん馬鹿相手に、友人になりたいなどと。

「貴女はどうかしら？　ミス・レヴィー。わたくしと仲良くなるのは、お嫌？」

「そ、そんなことないわよ！　むしろ、あたしだって友達になりたい！　だってあたしは、友達が欲しいからここに居るんだもの！」

「ふふ。でしたら、相互理解のためにも、わたくしのお誘い、受けてくださるかしら？」

「そ、それは……う～ん…………あっ、そうだ」

レヴィーは思い出した。

かつて第一の友人が、教えてくれたことを。

〝相手を傷付けたくない。でも、戦わなくちゃいけない〟

〝そんなときは――〟

彼女の言葉を反芻しながら、レヴィーは一つ頷き、そして。

「うん、わかった。やるわ、決闘」

彼女が肯定の意を示したことで、生徒皆々が騒然となる。

「な、なに考えてるの、あの子」

「自殺願望でもあるんでしょ、きっと」

「いくら聖杖に選ばれてるからって……」

「まともにミランダ様と戦えるわけないのにね」

ざわめく室内にて、役割を思えば制止すべき存在であろうエマ・ホーキンスは、むしろ口端を吊り上げながら、こう言った。

「よろしい。その決闘、私が立ち合い人を務めさせてもらいますねぇ～」

監督者の合意を得た後――

学園の敷地内に設けられた闘技場へと移動。

魔法を用いた対人戦の訓練をするために建造されたこの施設は、ちょっとやそっとの戦闘で破損することはない。

そんな闘技場の観戦席にて。

シトリーは舞台中央で向き合う二人を見つめながら、思索を巡らせた。

（なぜあの人が聖杖に選ばれたのか）

（その一端が掴めるかもしれない）

シトリーは既に、レヴィーを額面通りの存在としては捉えていなかった。

入試点数、歴代最低記録保持者。それ自体は事実だが……

しかし、彼女には何か秘密がある。おそらくミランダもまたそのように考えたからこそ、今、レヴィーを推し量ろうとしているのだ。

（わたしとあの娘で、いったい何が違うのか）

（それがわかれば――）

と、思考する最中。

「にゃ～ん」

すぐ隣から愛らしい鳴き声が響く。

目を向けると、そこには一匹の子猫、シュバリエの姿があった。

「……あなたも一緒に見ますか？　シューちゃん」

「にゃ～ん」

同意するように、シュバリエはシトリーの膝へ飛び乗った。

「……ふふ。可愛いですね、あなたは」

「にゃふ～ん」

子猫の背中を優しく撫でながら、舞台中央の様相を見つめるシトリー。

彼女が静観する中、審判者たるエマが口を開く。

「魔女の誇りをかけてぇ～、正々堂々とぉ～、戦うことを誓いなさぁ～い」

彼女の間延びした宣言に、レヴィー、ミランダ、両者が同意の言葉を返す。

そして次の瞬間、二人が自らの杖を抜き放ち——

開幕の時を迎える。

（……扱う道具は当然、聖杖の方が遥か格上ではあるけれど）

（杖はあくまでも補助具であって、その性能が勝敗を決定付けることはない）

（どれほど優れた杖を持っていようとも、使い手の力量が低ければ、なんの価値もない）

例えば杖の限界性能を一〇〇ポイントとして、使い手の力量が一〇ポイントとしたなら、九〇ポイント分の性能は完全に無駄なものとなってしまう。

聖杖は確かに史上最強の杖であるが、使い手がヘボであった場合、そこらへんの安物を使うのと何も変わりはしないのだ。

その点を見れば、ミランダはまさに超一流の魔女と断言出来る。

「灼熱よ、渦となれッ！」

先制を取ったのは、ミランダ・アルトネリア。

彼女が構えた杖の先端に次の瞬間、灼熱が生じ、大規模な炎の渦へと変わっていく。

「は、発動が速いっ」

「ほとんど無詠唱……！」

魔法の発動には独特の集中が必要であり、その補助として詠唱という技法がある。

扱う魔法のレベルが高くなればなるほど、詠唱は長くなる傾向にあるのだが……
しかしミランダは上級レベルの魔法すらも、最小限の詠唱で発動することが出来た。
「やっちゃってください！　ミランダ姐様っ！」
ガルムの声援に応ずる形で、ミランダは杖を前方へと突き放った。
刹那、灼熱を伴う竜巻がレヴィーへと推進する。
（二流、三流の魔女なら防壁の魔法で防御）
（一流の魔女なら、同等威力の魔法で相殺）
（わたしなら……超高威力の魔法で掻き消して、そのまま相手を攻撃）
（どちらが格上であるか、相手に知らしめる）
（……あなたは、どうするの？　レヴィー・アズライト）
シトリーが予想を立てていく中、レヴィーが選択したそれは――
およそ、誰も正解に辿り着けぬような、意外極まりないものだった。
彼女は迫り来る豪炎に対し、聖杖を向けて、
「変身――お菓子になぁ～れっ！」
瞬間。
聖杖の先端部が煌めきを放ち――

すぐ目前にまで肉薄していた灼熱の渦が、小さな小さなタルトになって、レヴィーの手中へと収まった。

「「「……えっ」」」

ぽか～ん。

観戦者は当然のこと、対面に立つミランダすらも唖然となる中。

「んみゃ～いっ♪　人の叡智そのものよねぇ～♪　お菓子ってやつはっ♪」

舌鼓を打ちながら、レヴィーは半分残ったそれをミランダへと差し出した。

「あんたも食べてみなさいよっ！　ほっぺたズリ落ちるからっ！」

この申し出に対し、ミランダは「くすり」と笑って、

「残念ながら、今はまだそのような気分ではありませんの――――よっ！」

杖を天へと掲げる。

それとまったく同じタイミングで、上空に無数の氷刃が出現。

「こ、今度は、完全な無詠唱っ⁉」

「し、しかも、あんな量をっ！」

まさに神業としか言い様のないミランダの技術。

しかしレヴィーはまったく臆することなく、それを迎え入れた。

降り注ぐ氷の刃。その武威に対し、彼女は聖杖を差し向けながら叫ぶ。

「ほふぁんふひっほ(トランスジット)！　ほふぁひにふぁ〜れっ(お菓子になぁ〜れ)！」

タルトの残りを頬張りながらの詠唱。しかし、効力が変わることはなかった。

膨大な氷刃がそのとき、大量のチョコレートへと変わる。

レヴィーは大口を開けて、それらの一部を歓迎した。

「んっふふぅ〜♪　あんみゃ〜いっ♪」

それから地面に落ちたチョコを拾い食いしつつ、再びミランダへ声をかける。

「ねぇねぇ！　このチョコ、マジで美味しいから！　一緒に食べましょうよ！」

「…………貴女という人は」

どこか楽しげな顔で微笑みながらも、ミランダは誘いに乗ることなく、次の魔法を発動。

だが三度、お菓子へと変えられる。

その後。

決闘の展開は実にワンパターンな内容に終始した。

ミランダが魔法を放つ。レヴィーがそれをお菓子に変えて食べる。

もはやこれは闘争ではない。

ただのおやつタイムである。

……そんな時間はある瞬間、突然、終わりを迎えるに至った。

「うっぷ」

限界である。

さしものレヴィーも、これ以上、お菓子を腹の中に入れることは出来ない。

いや、それどころかむしろ。

「うぅ……ぎ、ぎぼぢわるい……」

顔真っ青になりながら、口元を手で覆うレヴィー。

そして。

「ト、トイレェェェエエエ……」

まん丸に膨らみまくった腹をだっぷんだっぷん揺らしながら、彼女はその場から足早に去って行った。

「「「えぇ……」」」

なんだコレ。

訪れた結末に、生徒一同、呆然とするしかなかった。

「えぇ～っと。これは、あのぉ～。敵前逃亡ということでぇ～……」

審判たるエマがジャッジを下そうとする、その直前。

「今回の決闘、敗者はこのわたくし、ミランダ・アルトネリアですわ」

この宣言に対し、ガルムが吠えた。

「は、敗者ぁ⁉　どう見たってミランダ姐様の勝ちじゃないっスかぁ！」

これはクラスメイトの総意であったが……

ミランダ当人と、そして、シトリーは真逆の意見を抱いていた。

（あの娘、やっぱり只者じゃない……！）

首元のネックレスを握りながら、内心にて戦慄するシトリー。

その一方で、ミランダは己の敗北理由を語り出す。

「皆様はお気付きになりませんの？　わたくし達と彼女との、あまりにも巨大過ぎる差を」

首を傾げる面々の前で、ミランダは腰を屈め、足下に転がっていたタルトを手に取る。

「ご覧になって皆様方。これが何よりの証拠ですわ」

言われても、大半が納得いかぬ表情を浮かべたまま。

しかしエマはミランダの言わんとすることを理解したらしい。

「……魔法の大原則に、反しまくってますねぇ～」

この言葉を受けてようやく、生徒達は「ハッ」となった。

「こ、攻撃魔法がお菓子になってから、かなり長く、経ってるわよね？」

「魔法で顕現させたものは、一分以内に消失する、はずなのに……」

そう。それが魔法の常識である。

にもかかわらずレヴィーが創り出したお菓子は延々と現世に留まっている、だけでなく。

「……しっかりと味がするうえ、お腹にも溜まりますわね」

タルトを口にしながら、ミランダは苦笑した。

「見せかけだけなら、ミス・レヴィーが行ったことはわたくしにも可能です。しかしながら……わたくしはおろか、学園長にして現代最強と謳われし魔女、アンジュ様であったとしても、完全なる有機物の具現化など到底、実現出来るものではありませんわ」

ミランダは再び断言する。

「ミス・レヴィーの魔法技術はまさに異次元のそれ。もし彼女が本気で勝ちに来ていたのなら……わたくしは高確率で、命を落としていたでしょうね」

ざわつく生徒達。

事実を見せ付けられてもなお受け入れがたい。そんな面々を横目にシトリーは思う。

（ミランダ・アルトネリアの言葉は大げさなものじゃない）

（実際、レベルがあまりにも違いすぎる）

もしレヴィーが攻撃魔法を放ったなら、それがたとえ彼女にとっての最弱であったとしても、ミランダに防御出来るようなものではない。

それこそ、人間の赤子が竜の息吹をまともに受けるようなものだ。

「ふふ。まったく、想定以上に面白い御方ですわね、レヴィー・アズライトという人物は」

息を唸らせ、天を見上げながら、ミランダは呟く。

「色々と摑めましたわよ、貴女の本質を。貴女はとても優しくて、とても強い。しかしながら……ひどく臆病な御方でもある。自分の力と、それに伴う様々な事柄を恐れている」

そのとき、ミランダとシトリーの視線が、交錯して。

「どことなく貴女に似ておりますわね、ミス・シトリー」

ミランダが理解した物事は、しかし、何一つとして共有されてはいない。

だからシトリーはそっぽを向くことしか出来なかった。

そうしつつ、彼女は強く思う。

レヴィー・アズライトとは、何者なのか、と。

良くも悪くも。

シトリーの中で、彼女は特別な存在になりつつあった――

第五話　どっちか選ばなくちゃいけないのなら

公爵令嬢、ミランダ・アルトネリアが友誼を認めた存在。

皆のレヴィーに対する認識はそのように一変した。

こうなってくると下手に排斥することは出来ない。

むしろその存在を受け入れ、媚びを売っておくのが得策であろう。

無論、それは生徒一同にとって許容しがたい屈辱ではある。しかしながら貴族の娘というのはおよそ、その大半が感情を押し殺すよう育てられるもの。

ゆえに今や、レヴィーは表面上、クラスの人気者となっていた。

「レヴィーさんはどなたに魔法を習われたの？」

「祖国ではどのような生活を？」

「やはり良家の御令嬢だったのかしら？　そこはかとなく気品が溢れておりますものね」

授業の合間の休憩時間にて。

多くのクラスメイト達がレヴィーを取り囲み、質問攻めとゴマすりを繰り返している。

これに対しレヴィーはニコニコしながらも、どこか困った調子で、

「え～っと、そのぉ～。こ、個人情報は喋るなって、アンちゃんから言われててぇ～」
皆に囲まれることへの喜びよりも、何か別の感情が勝っている。
少なくともシトリーにはそのように見えた。
（皆の真意を感じ取っているからか……）
（いや、あの娘にそんな知性があるとは思えない）
ちやほやされるレヴィーの姿を目にしながら、シトリーは奇妙な感覚を味わっていた。
（……あの娘のことなんて、別になんとも思ってない）
（それなのに、どうして、こんなにもイライラするんだろう）
立場が変わったことで自分から離れていくレヴィー。
そんな状況が、ひどく不愉快だった。
（これじゃまるで）
無意識のうちにネックレスを強く握りながら、思索の核心へと至る、その直前。
「は～い、皆さん。席についてくださ～い」
エマが入室した瞬間「びくぅっ！」と全身が緊張し、何も考えられなくなった。
「最初の授業を始めますよ～。教養知識を深めるお時間です～」
最初の授業は、歴史学の講義であった。

「我等がアレスガリア王国の始まりは今からおよそ一五〇〇年前に遡り――」

一般教養の範疇となる内容が、エマの口から紡がれていく。

それは皆にとって欠伸が出るほど退屈な内容だったのだが、

「およそ四〇〇年ほど前。王国と帝国の間に発生した大規模闘争。これは人魔大戦と呼称され、今なお続く戦争となっておりますねぇ～」

その話に移った途端、誰もが前のめりとなった。

「ソニアさん、魔人とは何か、説明してくださぁ～い」

指名された生徒が起立して受け答えた。

「その起源は魔物と交配を行った人間であるとされていますが、未だ確証は見つかっておりません。奴等は体の一部に魔物の特徴を有し、その力は人間の遥か上。しかしその一方で生殖能力が低く、個体数が少ないため、物量に押し潰されやすい存在かと」

「いいですねぇ～。感情を排した客観的な説明。たいへん素晴らしいですぅ～」

穏やかな声を返してから、エマは話を進めていく。

「我が王国は人間の割合が九割を占める一方、敵国の民は全員が魔人。開戦当初はその能力差に圧され、さらには暴虐の魔王イヴリスと四天王の登場により、王国はいっとき敗戦の憂き目へと突き進んでおりました～。しかしそこに現れたのが」

伝説の魔女、メアリー・エルゼヴェル。

その名が出た瞬間、生徒一同、皆等しく、瞳に憧憬を宿した。

「彼女はその圧倒的な力で以て王国の危機を救い、四天王のことごとくを討伐。そして彼女はイヴリスをも討ち取った……わけですが～、その後、謎の失踪を遂げました～」

メアリーがなぜ消えてしまったのか。その答えは未だ出ておらず、王国の歴史上、最大の謎として語り継がれている。

「彼女の存在が失われたことで両国は拮抗状態へと突入。その結果が現状ですね～」

もしもメアリーが失踪することなく戦い続けていたなら、おそらくは一年以内に戦が終結していたであろうと、学者達はそのように予想している。

「両国はこの数百年、決め手に欠ける状態となってますねぇ～。アンジュ様がその気になれば、かなり進展しそうですが～……まぁ、色々と事情があるんですねぇ～、きっと」

言い終えてから、エマはレヴィーへと目をやって、

「さて、レヴィーさん。この大戦、どうすれば終結すると思いますか～？」

クラスメイトの大半は「どうせ馬鹿なことを言い出すのだろう」と考えた。

その一方、ミランダは興味深げにレヴィーを見ている。

シトリーもまた、いかなる返答が飛び出てくるのか、あれこれ予想しながら、彼女を横

目で見やった。

そうして全員の注目を浴びる中、レヴィーが放った答えは。

「皆でお菓子を食べ合う……ってのが理想だけど、そういうわけにはいかないわよね」

困ったような笑みを唇に宿しながら、彼女は次の言葉を投げた。

「相手方を上回る戦力を獲得して大打撃を与えるか、いっそ全部差し出すつもりで講和を持ちかけるか。まぁ、現実的なのは前者よね。相手に降る(くだ)ことで得られる平和なんて、あんた達は望んじゃいないだろうし。だったらどちらかがゲームチェンジャーを得るまで続行するしかないんじゃないの」

一連の発言に、クラスメイト達は総じて瞠目(どうもく)した。

この馬鹿が、なんかめっちゃ頭よさげなことを喋っている。

これにはミランダ、シトリーだけでなく、エマも驚いたようで、

「……ずいぶんと現実的ですねぇ～」

「ん。まぁ、わからない話ってわけでもないし」

「あ～、そういえば貴女の故郷は、我々と似たような状況でしたねぇ～」

「えぇ。でもここ最近になって、長いこと続いてた戦も終わったけどね」

「ほほう～。どのように終結したのですかぁ～？　ぜひ教えていただきたいですぅ～」

これについては全員が同意するところだった。

共和国と精霊達による長き戦乱。人霊戦争と称されるそれは、いかなる決着を見せたのか。単純な興味もあるし、自分達の戦にも当てはまる何かがあるかもしれない。

皆、固唾を呑んでレヴィーを見守る中……彼女は一つ、溜息を吐いた。

「人と同じで、精霊達にもまとめ役が居るの。それを皆は霊王って呼んでた」

「霊王」

「うん。それがある日、神域全体を特殊な結界で覆い尽くして、人と精霊とを隔絶。両者の関係を断ち切ることで戦争を続行出来なくさせた」

「それはぁ……あまりにも、信じがたい話ですねぇ～」

皆、エマに共感した。

神域というのがどの程度の面積を誇るのかはわからない。だが少なくとも、山一つとか、その程度ではなかろう。小さく見積もっても工都全域か、それ以上。そんな超広範囲を結界で覆い尽くすなど、まるで御伽噺にて描かれる神の所業そのものだ。

「霊王という存在がそのような力を持っているというのなら、彼の共和国を消滅させることも可能だったのでは～？」

「そうね。でも……そういうふうには、しなかった」

「なぜ？」

「…………わっかんない。あたし、霊王じゃないもん」

おどけたように笑ってから、レヴィーは口を閉ざした。

もう何も話す気はないと、言わんばかりに。

「ふむ。まぁ、そうですね～。レヴィーさんの言葉が真実だとしたならぁ……残念ですけど、我々に当てはまるものはありませんねぇ～」

両者の関係を断絶。それが出来るなら、とっくにやっている。

エマは興味を失ったようにレヴィーから目線を外し、講義を続行した。

そんな中、シトリーは目を眇めながら、思う。

（作り話にしては真に迫りすぎてる）

（というか……さっきの発言は、誰目線？）

（共和国の民、というより、むしろ）

（……いや、そんなわけない、か）

胸の内に生じた仮説を一蹴して、エマの講義に集中。

その後は特に何事もなく、初めての授業は終わりを迎えた。

それから何度か授業を挟み――昼休みへと至る。

「ミランダ様っ！　ぜひともお食事を共にっ！」

鐘が鳴ると同時に、多くの生徒達がまず、ミランダへと群がった。

当然ながら彼女は周囲を囲む者達の意図を理解している。

そのうえでミランダはこのように返した。

「えぇ、よろしくってよ」

多くの取り巻きを引き連れながら、教室を出て行く。

そんなミランダを尻目に、残された生徒達はレヴィーを囲み始めた。

「レヴィーさん！　一緒にお食事しましょう！」

「私もぜひ、お供させてください！」

彼女等(かのじょら)は低位貴族の令嬢である。そうした己の分際を思えば、ミランダのような上位存在に取り入ることは不可能。ゆえにまずは関連人物から攻めようと、そんな魂胆であった。

しかしレヴィーはそのような意図など読み取ることなく、ニコニコと嬉(うれ)しそうな顔で、

「うん！　皆で食べましょ！」

勢いよく立ち上がって、席から離れていく。

ミランダと同様、取り巻きを連れて。

それは即(すなわ)ち……シトリーを独りにするということだった。

（別に、どうだっていい）

楽しそうに、嬉しそうに、笑い続けるレヴィー。そんな彼女に思うところなどない。友達が出来てよかったね、全部見せかけだけどね、と、それぐらいだ。

（会話とか、めんどくさいし）

（食事はやっぱり、一人でしたほうが楽でいい）

自分に言い聞かせると、シトリーも席を立ち、レヴィーとは別の方向へと歩き出した。

（食堂に人が居なくなるまで、どこで時間を潰そうかな）

そんなことを考えていると――

「あれ？　シトリー？　どこ行くの？」

集団の中心にて、レヴィーが立ち止まりながら声をかけてきた。

「お～い、シトリー！　ねぇ～！　聞こえてんでしょ～！」

「レ、レヴィーさん。ほっといてよ。ほら、行きましょ」

うるさいな。ほっといてよ。

「故郷のお話、聞かせてくださいまし」

そいつらの言う通りにすればいい。わたしのことなんて――

「シトリーっ！」

すぐ近くから、声が飛ぶ。

その直後、手先に温もりが伝わってきた。

「もうっ！　なんで無視すんの!?　一緒にご飯食べましょ〜よ！」

ぷりぷりと怒ったように言う。

シトリーの手を、握りながら。

「………あなた、お友達がたくさん欲しいと、言ってましたね」

「うん。そうだけど？」

「だったら。わたしのことは、切り捨てなさい」

「えっ」

「皆と一緒に食事をするか、わたし一人か。考えるまでもないでしょう」

「……え〜っと」

意味がわからない。そんな顔をしてレヴィーは皆へと目を向けた。

全員、嫌そうな顔をしている。

人の情に疎いレヴィーでも理解出来た。

誰もがシトリーを拒絶しているのだと。

どうして？

そのように問うたところで、きっと意味などないのだろう。

どのような言葉を交わしたとて、現状は変わらないのだろう。

であれば。

「簡単な二者択一でしょう？　あなたにとって利が多いの――うわぁあああああああああああああああああああああああああっ⁉」

走り出した。

シトリーの手を、しっかりと握り締めながら。

「ちょっ、とぉおおおおおっ⁉　なにしてんですか、あんたぁあああああっ⁉」

風圧で顔を歪ませ、足を引き摺られながら叫ぶ。

そんな彼女へ、レヴィーは清々しい笑みを浮かべながら、言った。

「シトリーを選ぶっ！」

「はぁっ⁉」

「どっちか選ばなくちゃいけないのなら！　あたしはシトリー！　あんたを選ぶっ！」

「はぁあああああああっ⁉」

理解、出来なかった。

「わたしにかまってたら！　あなたまで嫌われますよ⁉」

「別にいいわよ、それでも！」

「み、皆と友達になるために、入学したんでしょうがっ！」

「うんっ！　そうだけどっ⁉」

「わたしと一緒に居たら、あなたの夢は――」

言葉の途中で。

レヴィーは断言した。

心の底から、迷うことなく。

「シトリーが隣に居てくれれば、それでいい」

顔を向けてくる。まるで聖母のような、深い慈しみを湛えた顔を。

「ば、馬鹿なんじゃ、ないですか」

「あはははっ！　うんっ！　そうねっ！」

引き摺られるシトリー。その瞳にうっすらと浮かぶ涙を、彼女は風圧のせいだと断じた。

本当に、わけがわからない。

こんな人、初めてだ。

でも。
（どうせ、いつかは）
そんな想いを噛み締めながら、シトリーは眉根を寄せるのだった――

第六話　魔物は「よ～しよしよし」ってやったら友達になれる

「うぇ～っぷ……お、お腹、破裂、しそう……」

「メニュー全品注文とか、頭悪いことするからそうなるんですよ」

「うぅ。だ、だってぇ。ぜんぶ、美味しそう、だったからぁ……」

昼を終えて、移動教室。

その道すがら、二人を囲もうとする者達は居なかった。

原因はシトリーの存在であろう。さっきから背中に刺々しい視線が突き刺さっていることからして、それは明らか。さりとて当人は気にすることなく、二人並んで歩き続けた。

「まぁ、授業中に吐いちゃっても問題ないでしょう。何せ次は」

「うっぷ。ダンジョンで、実戦訓練、だっけ」

学園の地下には人為的な迷宮が設けられており、そこには当然、魔物達が生息している。

それを相手取ることで得られる実戦経験もまた、魔女には必要不可欠なものだ。

シトリーは幼少の頃より有事の際の切り札として教育されているため、魔物との戦闘などもはや特別なことではない。ミランダにしても、似たような境遇である。

しかしながら他の生徒達はそこまで過激な教育を受けてこなかったらしい。

「魔物って、どんな感じかしら」

「こ、こわい……」

「そもそも私、前線志願じゃ、ないんだけど……」

ほとんどが怯（おび）えるか、虚勢を張るか、どちらかの反応を見せている。

そんな中で。

「魔物って美味しいのかなぁ。ていうかそもそも、食べられるのかしら」

レヴィーはブレることのないアホであった。

そんな彼女にシトリーが嘆息した頃。

目的地であるダンジョンへと、皆が足を踏み入れる。

そこには既に講師であるエマが立っていて、

「皆さん、おそろいのようですねぇ～。では早速、授業を始めましょうかぁ～」

両手を合わせつつ、エマは言葉を続けていく。

「皆さんもご存じの通り～、魔物は体内に魔石を持っていますよねぇ～」

それは様々な魔道具に加工され、人々の生活に欠かせぬ必需品として扱われている。

「今回の授業はダンジョンを探索して～、魔石を持ち帰っていただくという、シンプルな内容にしましょ～」

　ここまでは特に、どうということのない内容だったのだが、

「それで、ですねぇ～。授業終了までに持ち帰った魔石のランク、量をもとに、皆さんを格付けしたいと思います～。当然、その順位は参観日への参加資格に関係しますから、皆さん、頑張ってくださいねぇ～」

　生徒一同、目の色が変わる。

　しかしレヴィーは怪訝な顔で首を傾げながら、

「参観日？」

「いつかわかりますよ。というか、あなたには関係ないです。今のところ」

　そういうもんかと納得して、レヴィーは追及しなかった。

「え～、それと、ですねぇ～。今回の授業で潜っていいのは三階層までとします～。ついでに二人一組でペアを作ってくださ～い。安全上、必須で～す」

　言われてすぐ誰もが目を動かした。

　真っ先に見るのはミランダ。少しでも彼女に取り入るチャンスを、と思うのだが、誰かが声をかける前の段階で、彼女のパートナーは決まっていた。

「ガルム。ペアを組んでくださるかしら？」

「と～ぜんですっ！　姉様の従者はこのガルム以外ありえませんっ！」

頭を撫でられ、嬉しそうに頬を緩ませる忠犬と、穏やかに微笑むミランダ。

ダメだ。この二人の間に割って入ることなど出来ない。

そう判断した彼女等は、続いてレヴィーへ目を向けたのだが、

「シトリー！　ペア組みましょ！　ペア！」

「肩を揺さぶらないでください。頭ガックンガックンして気持ちが悪く……ぉえっ」

こちらも入り込む余地がなさそうだったので、皆、目に付いた相手とペアを組んだ。

「はぁ～い。では、始めちゃってくださぁ～い」

開幕と同時に生徒達がいそいそと動く。迷宮に対する恐怖は野心によって駆逐され、誰もが血走った眼で我先にと突き進んでいった。

「さて。では我々も参りましょうか、ガルム」

「はいっ！　ミランダ姉様っ！」

歩き出す直前、彼女はレヴィーとシトリーを見て、

「どちらが高ランクとなるか、勝負いたしましょう」

「ど～せミランダ姉様の圧勝だけどなっ！　べぇ～っだ！」

そうして彼女等が姿を消した後、二人もまた別経路にて迷宮を探索。

通常、魔石の回収とは魔物の討伐で以て成されるもの。

実際のところ生徒一同、等しくそのような方法で魔石を回収しているのだが……

ただ一人、レヴィーだけはまったく違うアプローチを見せていた。

「んよぉ～しよしよしよし！　よぉ～しよしよしよしよしよしよしよし！」

闇色の毛並みを持つ狼型の魔物に対し、組み付く形となりながら、全身を撫でまわす。

常人がこのような行為に及べば噛み殺されるのがオチであろう。

しかし、レヴィーの場合は、

「くぅ～ん」

懐いている。

どう見ても人を噛み殺すために生まれてきたような、凶暴な面構えの魔物が、頬を緩めきって、懐きまくっている。

そして彼、あるいは彼女はレヴィーの顔をひとしきり舐めた後。

「うぇっ」

なんと、魔石を吐き出したではないか。

「えっ？　くれるの？　ありがとぉ～！」

満面に笑みを浮かべ、再びのよしよし。

そんな姿を目にしながら、シトリーは深々と溜息を吐いた。

「ほんっっっとうに無茶苦茶な人ですね、あなたは」

魔物と友達になるなど、それこそ御伽噺でしか見たことがない。

「え～？　あたし、なんかおかしなことやったかな？」

「おかしいです。おかしいとしか言えません」

魔石は殺して奪うもの。そんな常識に、レヴィーは次の言葉を返した。

「そんな可哀想なことしなくたって、仲良くなれば譲ってくれるわよ！」

「いや、そんなのあなたにしか出来ませんよ」

「いやいや！　シトリーにも出来るって！」

「……はぁ」

普段なら「バッカじゃないの」と一言で斬って捨てる場面、だが。

「…………コツとか、あるんですか？」

父が以前、こんなことを言っていた。馬鹿は感染るものだから気をつけなさい、と。

レヴィーのそれが脳を侵食したのだろう。

シトリーは聞いてすぐ、「なにやってんだか」と溜息を吐いたが……しかし、前言を撤回するようなことはしなかった。

「え～っとね。こう、首元をわしゃわしゃ～って」

「いや、もっと原理的な説明が欲しいんですけど」

「え～？　心を開けば応えてくれる！　以上！」

「アバウト過ぎんだろ」

　肩を竦めながらも、手近に居た狼型の魔物で試してみる。

　結果。

「……おもっクソ噛まれましたが。何か言うことは？」

「め、めげずにチャレンジチャレンジ！」

　二回目。

「首をもがれるところでしたが、何か言うことは？」

「し、失敗は成功の母っていうじゃないの！　次いきましょ、次！」

　三回目。四回目。五回目と失敗を繰り返したところで、シトリーは思う。

　何をやってるんだろう、と。

　だがそれでも、やめようとはしなかった。

　我ながら頭が沸いているとしか思えない。

　こんな馬鹿と、同じことがしたいだなんて。

だが諦めることなく……一〇回目を数えた頃。

「あっ」

初めて、魔物が自分の手を拒絶しなかった。

小型の熊に似たそれが自分のスキンシップを受け入れ、気持ちよさげに喉を鳴らしている。シトリーはそんな姿に目を見開くと同時に、

「で、出来ましたよ、レヴィーっ！」

口にしてからハッとなる。

何を興奮してるんだ。子供か。

恥ずかしくなって、目を伏せた。

そんなシトリーに、レヴィーは、

「ほらぁ〜〜〜！　出来るって言ったじゃ〜〜〜ん！」

嘲笑うどころか、誇らしげに胸を張った。

「……なんであなたが自慢げなんですか」

表情が、柔らかくなる。

母を喪って以来、一度も感じたことのない気分だった。

「うえっ」

熊に似た魔物が魔石を吐き出した。どうやら譲ってくれるらしい。

「あ、ありがとう、ございます」

「うが～」

ええんやで。

そんな態度を返した後、魔物は去って行った。

「……なんだか、気分がいい、ですね」

「でしょ～⁉」

「心なしか、魔石の品質も一般的な採取法で得たものより、高いような……」

後にこの発見が史書に刻まれるほどの大事件を起こすのだが、それはまた別の話。

ともあれ。

授業終了間際、二人は手に入れた魔石を出入り口へと持ち帰った。

「はぁ～い。皆さんお疲れ様でしたぁ～」

ねぎらいの言葉を送ってからすぐ、採点作業を行うエマ。

果たして授業の結果は、

「最高位がミランダさん。ドベは……レヴィーさん」

「たはは。最後の方は皆、シトリーにばっか譲ってたもんねぇ～」

そう、シトリーに才能があったのか、レヴィーのスキンシップが比較的ウザいことに気付いたのか、魔物達は終盤、総じてシトリーに魔石を贈り続けていた。

とはいえ一般的な採取法と比較して効率が悪いため、シトリーもまたドベから二番目という不名誉な結果で終わってしまったのだが。

「……シトリーさぁ〜ん。もうちょっと、やる気出しましょうねぇ〜？」

「ひゃっ、ひゃひゃひゃ、ひゃいっ」

エマの視線が痛い。されど後悔はなかった。むしろ清々しい気分ですらある。

「呪われてるうえに成績まで終わってるとか」

「恥ずかしくないのかな、あの子」

周囲の嘲弄と侮蔑も、まったく気にならない。

自分の隣には、飛び抜けて眩い光があるから。

彼女の存在が闇を払ってくれている。

そんなふうに思った、次の瞬間。

「ではこれにて、授業を――」

エマによる終了宣言。

それが紡がれる、直前のことだった。

鼓膜を破らんばかりの大音量が響き渡る。

それは、破壊音だった。

すぐ近くの、石造りの地面が、なんの前触れもなく崩壊して。

「ゴァアアアアアアアアアアアアッッ！」

轟(とどろ)く咆哮(ほうこう)。

這(は)い出てくる巨体。

その姿を目にした途端、一人の生徒が悲鳴も同然に叫んだ。

「グランド・ドラゴンっ……!?」

第七話　人生には「さよなら」以外があったらしい

想定外な状況を前にして冷や汗を流す。

それは熟練の魔女たるエマとて例外ではなかった。

「一三階層の魔物が、どうしてここに……⁉」

極太の四脚。長大な首。強靭(きょうじん)さが窺(うかが)える尻尾。その威容はまさに圧倒的で、戦闘経験の浅い生徒達の心は、敵方の視認と同時に粉砕された。

「う、あ」

「あ、ああ」

突っ立っていることしか出来ない。

逃げることはおろか、悲鳴をあげることすら不可能。

そんな彼女達が、敵の攻撃に対処出来るはずもなく、

「ぎゃっ」

気付けば全てが終わっていた。

一人の生徒の体を強靭な尾が強(したた)かに打ち、華奢(きゃしゃ)な体を壁面へと叩(たた)き付ける。

地面に落下後、彼女はピクリとも動かなくなった。

「ひっ、い」

ここに至り皆の恐怖は最高潮へと至ったが、だからこそ余計に、身動きが取れなくなる。

そんな中。

「はいっ、姐様!」

「やりますわよ」

動く者が、四人。

「責任問題、ですねぇ〜……」

「…………」

ミランダ、ガルム、エマ、シトリー。

四人は微塵も臆することなく杖を抜き放つと、

「合わせなさいガルム」

「りょ〜かいですっ!」

「グランド・ドラゴンには氷属性の魔法が効果的ですよぉ〜」

「……殺める以外に、方法はなさそう、ですね」

短いやり取りを交わし、そして。

四者同時に魔法を発動。

鋭い氷刃が、凍てつく波動が、絶対零度を伴った暴風が、敵方を討ち取らんと突き進む。

それらは相手の巨体を包囲する形で繰り出されており、回避は不可能。

発動者は総じて一等級レベルの魔女である。

グランド・ドラゴンはあっけなく排除されるだろう、と、皆は安堵の息を吐いた。

──が、そのとき。

「変身」

推進する氷属性の魔法達が、まるで大気の中へ溶け込むかのように消失。

その実行者──レヴィー・アズライトは皆の視線を一身に浴びながら、淀みない歩調で以て、巨大な魔物へと向かっていく。

「ミス・レヴィー……何か、考えがおありのようですわね」

杖を腰元へ戻しながら、腕組みをして見守るミランダ。

エマとガルム、そしてシトリーは身構えたまま、事態を静観した。

「グルゥアッ！」

向かい来るレヴィーに対し、グランド・ドラゴンが攻撃の姿勢を見せる。

顎門を開き、華奢な少女の体を噛み砕かんと躍動。

しかし、鋭利な牙がレヴィーに触れる直前――

彼女の全身からブワリと、凄まじい覇気が放たれた。

「ッ……！」

停止する。

魔物だけではない。場に立つ者全てが、微動だに出来なかった。

存在としての格が違う。

そんな確信が畏怖を招き、皆の動作を阻んでいるのだ。

「なん、だ……こいつは……」

普段とは違う口調で紡がれた、エマの呟き声。これにシトリーは強い違和感を抱いたが、
そこについて思索する前に、事態が大きく動いた。

レヴィーが眼前にて静止する魔物の頭部へ手を伸ばし、

「よぉ～しよしよしよしよしよしよしよし！」

鼻先を撫でまわしながら、ニコニコと笑う。

先程の緊張はいったいなんだったのだろうか。

場の空気が一気にチャラけたものへと変わっていく。

「なんでこんなことしちゃったの～？」

「グルァァ」

「えっ⁉　あ～、それ多分、あのときの……」

「シュロロロロ」

「も、もちろんよ！　ジッとしてて！　なんとかしてあげるから！」

何やら魔物と対話したうえで、聖杖を掲げるレヴィー。

その後なんらかの魔法を発動したのだろう。杖の先端が煌めきを放った。

「どう？　喉に刺さった骨、なくなったでしょ？」

「グゥアッ！」

どこか嬉しそうな調子で長い首を縦に振るグランド・ドラゴン。

そうしてから彼、あるいは彼女は、

「ウエッ！」

地面に巨大な魔石を吐き出した。

「えっ、くれるの？」

「ガウガウ」

「な、なんか悪いわね。あたしのせいなのに」

「ガァァァァ」

「ん。迷惑かけたお詫びってことなら、貰っとこうかしら」

「ガウ」

「うん！　じゃ～ね！　また会ったら遊びましょ！」

なんか、友達になったらしい。

皆が「ぽか～ん」とする中、レヴィーは壁際へと目をやり、先程大怪我をした生徒のもとへ駆け寄ると、

「ん～……内臓破裂に、複雑骨折ってとこかしら。これぐらいなら問題ないわね」

聖杖を相手の体へ向けて、魔法を発動。

杖の先端が輝くと同時に淡い深緑色の光が生徒の全身を覆い尽くし、そして。

「ん……あれ……？　体、痛く、ない……？」

先程まで瀕死の重体だった彼女が自力で立ち上がり、目をパチパチさせる。

そんな姿を見て取った瞬間、生徒一同は仰天した様子で叫んだ。

「「か、回復魔法っ⁉」」

それはアンジュが有する時空魔法と同じく、使い手が極めて稀な技術だったのだが。

「えっ？　あたし、なんか変なことした？」

当人はきょとんと首を傾げるのみ。

そんな彼女の様子にミランダは「くすくす」と笑声を零し、

「今回の授業、最上位の座は彼女にこそ相応しいかと」

「……そうですねぇ～。終了間際に得られた魔石も、かなり大きな加点ですし～」

先刻とは違い、平時の口調で返すエマ。

「ドベから最上位、って……」

「入試での最低記録は、何かの間違いと見るべきね……」

誰もがレヴィーに畏敬の念を抱く。

シトリーもまた、規格外な彼女に思うところがあったのだが。

それを本人へと口にする直前。

「あんたの、せいでしょ……！」

誰もが穏やかな心を取り戻す中、ただ一人、魔物の攻撃を浴びた生徒だけはまだ、緊張と恐怖を噛み締めたままだった。

彼女は言う。

シトリーを睨め付けながら。

「あんたが……！　あんたが！　魔物を呼び寄せたんだ！」

怒鳴り声が響くと同時に、場の空気が冷え込んでいく。

「確かに、そうかも」

「呪詛（じゅそ）の一族、だもんね」

刺々（とげとげ）しい視線を一身に浴びながら、シトリーは思う。

またか、と。

何か不都合があればいつもこれだ。全て自分のせいにされる。

もはや、あらぬ疑いだと弁明する気にもなれない。

だが……普段とは違って、この状況を「どうでもいい」と断ずることもなかった。

なぜなら。

「……？　なんで皆、シトリーのこと睨（にら）んでるの？」

ここには、彼女が居る。

自分の真実を知ってほしくない人が、居る。

だがそんなシトリーの感情など微塵も読み取ることなく、対面の生徒は怒鳴り続けた。

「あんたの中に居る魔王が！　私達を殺そうとしたんだ！」

そう。それこそがシトリーの生家、エルゼヴェルに課せられた試練であり、呪詛。

かつて伝説の魔女・メアリーは魔王・イヴリスを討った際、その魂を汚染された。

魔王が自らの魂を一部、彼女へ移し込むことによって。

以降、エルゼヴェルの血筋はその身に魔王の魂を宿すこととなり、それが彼女等へ強大な力と……呪魂の病魔をもたらしている。

圧倒的な能力と引き換えに短命であることを宿命付けられた、儚い一族。

当初はそうした認識もあってか、民衆はことさらに彼女等を敬愛したものだが……

しかし、四代前の当主がもたらした惨事によって、エルゼヴェルへの扱いは一変した。

「マキナの悲劇が起きたとき、みたいに……！　あんたは、私達を……！」

マキナ・エルゼヴェルが起こしたとされる大事件。

その詳細は謎めいた部分が多く、全容は未だ定かでないが……

魔王の魂を暴走させたマキナの手によって、大量虐殺が発生したということは、紛れもない事実。

この一件以来、エルゼヴェル家の名声は地に墜ち、世間の評価も伝説の末裔から呪詛の一族へと一変することになった。

「………」

黙りこくったまま、ネックレスを握り締めるシトリー。

そうしながら彼女は顔を伏せた。

地面以外、目にすることが出来ない。

今、レヴィーがどんな顔をしているか、知りたくなかったから。

「よりにもよって、あんたみたいな疫病神と同期だなんて……！　こんなにも不幸なことはないわ！　本当に忌々しい！」

なおも怒りを叫ぶ生徒。

彼女がふりまく悪意はまるで病のように伝播し、皆の黒い感情を昂ぶらせていく。

（あぁ、いつか来るとは思ってたけど）

（実際に、そうなると……）

（つらい、な）

どうせレヴィーも、同じだろう。

こちらをバケモノ扱いして、目の前から去って行く。

これでまた独りぼっち。

そのように確信して、瞳を涙で濡らすシトリー。

そんな彼女を目にしてもなお相手方は鬱憤を晴らしきれず、

「泣きたいのはこっちよ！　これから少なくとも一年、こんな目に遭わされ続けなくちゃいけないんだから！　あんたみたいなバケモノ、この世から居な――――ぶげぇっ⁉」

彼女が最大級の罵声を叩き付けようとした、その瞬間。

レヴィーがその口へ、お菓子をねじ込んだ。

「げほっ、げほっ……あ、あんた、何を……！」

むせながら睨んでくる生徒。その両頬をレヴィーはガシッと掴み、

「お馬鹿なこと言ってんじゃないわよっ！」

周囲一帯に轟くほどの怒声を放つ。

その凄まじい大音声に誰もが圧倒される中、レヴィーはさらに言葉を放ち続けた。

「さっきの子が暴れてたのはね！　全部あたしのせいよ！　昨日あたしが学園壊しちゃったときの衝撃で、食べてた魔物の骨が喉に刺さっちゃったの！　それに腹を立てて暴れてたら、いつの間にかこっちに来てた！　あの子はそう言ってたわ！　だから皆を怖がらせたのもあんたが痛い目を見たのも全部あたしが原因！　ほんっと～にごめんなさいっ！」

皆に降り注いだ不幸は総じて自分の責任。

そう断言してみせたレヴィーに、シトリーは唖然となった。

なんで庇うのだろう。

皆と一緒になってこちらを攻撃した方が、得なのに。

（……わたしのために、夢を諦める）

（それは、本音だったんだ）

シトリーが瞠目する中。

レヴィーは彼女のために、怒り続けた。

「あんたが言ったことは間違ってる！　だから！　シトリーに謝りなさい！」

「はぁ……⁉　な、なんで、私が……！」

「悪いことしたらっ！　ごめんなさいでしょうがぁあああああああああっ！」

「んぎぃいいいいっ⁉　わ、割れるっ！　頭割れちゃうっ！」

相手の頰を挟み込んだ手に、万力のようなパワーが籠もる。

その痛みと恐怖に生徒はたまらず泣き出して、

「ご、ごめん、なさい……！　わ、私が、悪かった……！」

「よしっ！」

一件落着とばかりにニッコリ微笑むと、レヴィーは魔法でお菓子を顕現させ、

「これで仲直り！　ねっ！」

「……っ！」

相手に差し出すが、一向に受け取ってもらえない。

近寄るなバケモノ。

そんな怯えた目に、レヴィーは一息吐くと……シトリーへ目をやって一言。

「行きましょ」

すたすた歩いて、彼女の手を掴む。

「………」

シトリーはあっけにとられた様子で、相手のことを見つめることしか出来なかった。

そんな二人に注目する生徒達の一員となりながら。

ミランダが自虐的な笑みを浮かべつつ「出番を奪われましたわね」と呟いたのだが、その声は誰の耳にも届くことはなかった――

放課後。
もはやレヴィーの周囲に人だかりはなかった。
得体の知れない何か。彼女への評価はそのような形で定着している。
だが当人はまったく気にしたふうもなく、

「今日～の夕飯なんだろなぁ～♪」

寮への帰路を歩きながら、鼻歌を口ずさんでいた。

「……あなたは、どうして」

レヴィーの隣を黙したまま歩き続けていたシトリー。

彼女はそのとき立ち止まって、一つの問いを放った。

「わたしが怖く、ないんですか？」

レヴィーは少し前の方で立ち止まってから、振り向きざまに一言。

「うん」

「うん、って…………わたしは、魔王の呪詛を引き継ぐ存在、ですよ」

「だから？」

「……いつか、魔王の魂が暴走するかも、しれません」

「だいじょ～ぶよ！　そんなことにはならないから！」

「断言出来るだけの理由なんて、ないでしょう。事実、過去には」

「その人はその人！　シトリーはシトリーでしょ！」

「……でも」

俯くシトリーに歩み寄ると、レヴィーは彼女の頭を優しく撫でた。

仕方のない子だなと、そんなふうに笑いながら。

「魔王の魂は、あたしがなんとかする」

確定事項を口にするような調子で、レヴィーは断言した。

「あんたを苦しめる何もかもを、あたしが消し去ってみせる。だから……安心なさい」

夕焼け空を背景に微笑む彼女は、人間離れした美しさを誇っていて。

シトリーは彼女の言葉に説得力を覚えると同時に。

「あなたは、わたしの友達で、居てくれるんですか」

「あったりまえじゃないの！」

「わたしの隣に、居続けてくれるん、ですか」

「うん！　離れろって言っても離さないから！」

強い安堵の情が、胸の内に広がっていく。

やっと出会えた。

自分を、恐れない人を。

そう思うと勝手に涙が零れて。

「あっ！　シトリー今、笑ったわね!?」

「……笑ってません」

「え～⁉　ぜったい笑ったら、笑ってた！」

「笑ってないったら、笑ってません」

恥ずかしそうに俯きながら、足早に歩くシトリー。

その隣で「もっかい！　もっかい笑ってみせて！」とねだるレヴィー。

「しつこいです。ウザいです。調子に乗らないでください」

「いいじゃないの～！　減るもんでなし～！」

「減ります。わたしのメンタルが磨り減っていきます。あなたのせいで」

「シトリーちゃんの可愛いとこ、見てみたい～♪　そぉ～れそれそれ、そぉ～れそれ♪」

「はぁ。気持ち悪い」

しつこく付きまとうレヴィーに表向き、ツンケンした言葉を吐き続けながら。

シトリーは心の中で、喜びを噛み締めるのだった――

第八話　迫り来る影

休校日。

その過ごし方は様々だが、代表的なものとしてはやはり、倶楽部活動であろう。

それは上級生と下級生が触れ合う数少ない機会であると同時に、一足早く貴族社会へと羽ばたくであろう先輩方に取り入って、なんらかの印象を残すチャンスでもある。

ゆえに生徒達は全員がなんらかの倶楽部に籍を置き、目当ての上級生の心に残らんと、休校日を有効活用しているのだ。

さりとて。

レヴィーとシトリーにそのような気概はない。

だから彼女達は今、純粋に、倶楽部活動を楽しんでいた。

「う〜ん、不安だなぁ。前みたいに失敗したらと思うと」

「大丈夫ですわミス・レヴィー。そのときはアンジュ様のゲンコツを賜るだけですもの」

「いや、だから不安なんだけど……」

広々とした運動場の一角にて。レヴィーはシトリー、ミランダ共々、フライング・ボール倶楽部の一員として、この場に立っていた。

当初は部員の大半がレヴィーとシトリーの入部に反対していたのだが、ミランダが働きかけてくれたことによって、部員の座を獲得。そんな二人にとっては本日が初めての倶楽部参加となっており、

「ミス・シトリー。貴女(あなた)は特に問題ありませんわ。試合形式の練習に参加出来るだけのテクニックがありますもの」

「……どうも」

「しかしミス・レヴィー。貴女はとにかく、箒(ほうき)のコントロールを覚えねばなりません。少なくとも――」

言いつつ、ミランダは空を見上げた。

「あわわわわわ！　助けて姐様(ねえ)ぁ～～～～！」

慌てふためいた様子で、暴走したような軌道を描くガルム。

そんな様子に苦笑しつつ、視線をレヴィーへと戻し、

「少なくとも、アレぐらいにはなっていただかないと、ね」

「う、うんっ！　頑張るっ！」

力強く頷(うなず)いたレヴィーにミランダは微笑を返した。

「その意気ですわ、ミス・レヴィー。貴女と共にフィールドを舞うそのときを、わたくしも部長も楽しみにしておりますから」

フライング・ボール倶楽部の長はミランダの姉貴分であり、この国の第三王女でもある。

そんな彼女がミランダからレヴィーの話を聞いた結果、「その子、気に入ったのだわ」と鶴の一声で入部を決定させたとか。シトリーについても「優秀な戦力になるのだわ。逃す手はないでしょう」と一切の反対をしなかったという。

（エリザベート四世……）

（巷の評判通り、イカれた人物だな）

（レヴィーはともかく、わたしまで招き入れるんだから）

件の部長は現在、この場には居ないが……いずれ顔を合わせることになるだろう。

そのときはいったい、どんなことをしでかしてくるのやら。

（まぁ、彼女のおかげでレヴィーと一緒の倶楽部に入れたのは、事実）

（……ふふ。レヴィーと、一緒）

表向きは冷淡なままだが、内心はもう完っ全に蕩けきっていた。

「ではミス・レヴィー、練習を始めますわよ」

「うんっ！　お願いしますっ！」

レヴィーの奮闘が始まる……というタイミングで。

水を差す者が現れた。

「シトリーさぁ～ん、レヴィーさぁ～ん」

エマである。

気付けば彼女が少し離れた場所に立っていて、二人のことを手招きしていた。

「なんだろ？」

「……さぁ」

レヴィーは普段のアホヅラを引っさげて、シトリーは奇妙な胸騒ぎを感じながら、並んでエマのもとへ赴く。

「なぁ～に？　エマ先生」

「お楽しみのところ、申し訳ございませぇ～ん。学園長がレヴィーさんをお呼びですぅ～」

「えぇっ⁉　も、もしかして……アンちゃんのプリン、隠れて食べてたのがバレちゃったのかしらっ⁉」

「それとは別件ですねぇ～。ていうか貴女、どんだけ命知らずなんですかぁ～。アンジュ様がそれ知ったらブチギレますよぉ～？　……まぁそれはともかく、さっさと学園長の執務室へ向かってくださ～い」

首肯を返してから校舎へと走るレヴィー。

その後ろ姿を見つめつつ、エマはシトリーへと言葉を投げた。

「応接室にて、お客様が待ってますよぉ～」

「客……？」

次の瞬間、エマが口にした内容を耳にしたことで、シトリーは苦虫を噛みつぶしたような気分になった。

「――お父様が、学園にご来訪されてまぁ～す」

シガルド・エルゼヴェル。

元は伯爵家たるゼラトーレの次男であり、エルゼヴェル家には婿入りの形で入ってきた。

彼の父は血筋だけの無能として知られ、世間に広まった悪名は数知れず。

エルゼヴェルへの婿入りはそんな父の尻ぬぐいであった。

呪詛（じゅそ）の一族と揶揄（やゆ）されてはいるが、いずれ来たる魔王復活の際には必要不可欠な存在。

ゆえにエルゼヴェルの血は絶やすことが出来ぬ……ものの、貴族社会において彼等は腫れ物に等しい扱いであるため、積極的に一族へ加わろうとする者は皆無。

そのためエルゼヴェル家への婿入り、あるいは嫁入りについて、貴族達は特別なメリットを設けた。

もし呪詛の一族に婚約者が不在であった場合、彼の家へ入ることを条件に、あらゆる失敗を帳消しにする、と。

シガルドの父はそれを利用し、彼を身売りする形で家から追放。

かくしてシガルドはエルゼヴェル家の当主たるアイシャとの間にシトリーをもうけ、アイシャ亡き後は代理当主として一族の代表を務めている。

シトリーはそんな父のことが――

心の底から、大嫌いだった。

「シガルド様～、シトリーさんをお連れしましたよぉ～」

エマと共に応接室に入る。

豪奢な部屋の中央には、件の人物がソファーに腰を落ち着けていて。

「うん。ご苦労だったね、エマ」

煌びやかな空間に麗しい声が響く。

彼は四十路(よそじ)へと至りつつある壮年だが、その中性的な美貌はあまりにも若々しく、輝きに満ちた瞳も相まってか少年じみた印象を受ける。

そんなシグルドは自らの長く艶やかな黒髪を弄(いじ)りながら、娘へと目をやり、

「やぁ。しばらくぶりだね、シトリー」

穏やかな口調。されど、声音はどこまでも冷え切っている。

「……ご健勝のようで何よりです、お父様」

「あぁ、君もね」

微笑(ほほえ)みを浮かべながら、父は言った。

「心配してたんだよ、シトリー。私が君の立場だったなら、泡吹いて卒倒したうえ、翌日には命を絶っていただろうからね。でも君ときたら……ふふ、本当に平然としているね。それでこそ次期当主の器というものだ。その図太さが実に羨ましいよ」

これだ。これが、シグルドという男だ。

爽やかな笑みと優しげな口調で、遠回しに嫌味をぶつけまくってくる。

物心ついたときからずっと、この男はこういうふうに接し続けてきた。

シグルドに父の情などない。少なくともシトリーはそのように確信している。

「……相も変わらずお口が達者なようで。その舌の回りよう、実に羨ましく思います」

「はは。君の剛胆さに比べたなら、口の上手さなど大したものではないさ。相手の許可なく対面へ座るだなんて、私にはとても出来ないなぁ」

イライラする。

さっさと話を済ませて、出ていきたい。

「……それで、ご用件は？」

「なんだと思う？」

「……聖杖、ですか」

「うん、正解。わざわざ言うまでもないことを聞いてくるだなんて、そんなにも父との会話が恋しかったのかい？　本当に可愛い娘だね、君は」

そう口にする彼の瞳は、シトリーに次のようなメッセージを発していた。

〝失態を犯したな、このゴミ屑が〟

これに嘆息を返しながら、彼女は言葉を紡ぐ。

「現在、担い手としての権限を奪還すべく、鋭意対応中となっております。お父様のご心労は察して余りあるものですが、ここはわたしを信じていただければと」

「あははは。私の心境を理解するだなんて、君も立派な大人に成長したようだね」

「……お褒めにあずかり恐悦至極に存じます」

はよ帰れや。

そう口にしたいところをグッと堪(こら)えながら、シトリーは父の目を見据えた。

「もちろん、私は君のことを信じているよ。何せ君は自慢の娘なのだから」

「でしたら――」

「うん。それでもね。万一に備えてのプランをいくつか立てておくというのも、必要なことだろう？　たとえば……」

口元に深くて不快な笑みを浮かべながら、父は言った。

「レヴィー・アズライト、だっけ？　彼女に消えてもらうとか、さぁ」

刹那。

室内の温度が急降下する。

「……ご冗談も、大概にしていただきたい」

シトリーの全身から発露した殺意を、しかし、シグルドは涼しげな顔で受け流し、

「冗談ではないさ。そういう選択もあるよねって話だよ。彼女が居なくなったなら、聖杖も君を選ばざるを得なくなるんじゃないかなぁ」

「確証がない以上、それは愚策かと」

「ふぅ～ん？　相手は余所者(よそもの)だよ？　別に居なくなってもいいじゃないか」

「ご存じの上でおっしゃられているのでしょうが……彼女はアンジュ様の保護下にあります。現代最強の魔女に喧嘩を売るのであれば、御身一人の自己責任でお願いいたします」

睨むシトリーの視線をもシグルドは笑い飛ばし、

「あははは。どうやら彼女に首ったけみたいだねぇ。……もしかして、そのネックレスに込められた願いが叶ったとか、そんなふうに考えているのかな？」

父の視線がシトリーの首元に注がれる。

アイシャの形見にして、彼女曰く、待ち人からの預かり物。

シトリーにとって特別な意味を持つそれを、シグルドはどこか物寂しげに見つめながら、

「……先行きが短い身の上だってこと、君も自覚してるよね」

「ええ」

「来世に期待すべきだと思うよ？　幸せな人生ってやつは、さ」

父はこう言いたいのだろう。

呪魂の病魔に蝕まれつつあるお前が、何かを得たところで無意味だ、と。

（相も変わらず、不愉快な人……！）

物心ついたときからこうだった。父は常にこちらの幸福を否定し、憎まれ口と皮肉しか送ってはこない。その心に親の情などは皆無だろう。

およそシトリーにとってシグルドとは、誰よりも忌々しい存在である。

だからこそ。

彼の発言と意思を、全否定したくなる。

「人生とは、死という結末に至るまでに何を獲得し続けてきたかが重要ではないかと、わたしはそのように考えています」

「……ほう？」

「…………」

「わたしは、お父様、末期の際に笑って逝きたいのです。母がそうだったように」

「その目的を達成するためには、価値ある何かを獲得し続けねばならない。レヴィー・アズライトという友人はその一つであり……彼女の存在は、何よりも大きな意味があります」

遠回しな言いざまの中に、シトリーは次の内容を込めていた。

〝意味があるか否かはわたしが決める〟

〝あなたなんかに、口出しされる筋合いはない〟

こうした意思は当然、シグルドも察するところだったのだろうが……

挑戦的とも取れるそのメッセージに対し、彼はむしろ嬉しそうに笑うのみだった。

「友人がどうとか、それは後でゆっくり話そう。今は本題を、先へと進めようか」

顔の前で手を組みながら、彼は語り続けた。

「参観日と言えば、君でも察しが付くんじゃないかな？」

「……当日、わたしが智勇共に頂点となれば、家のメンツは保たれる、と？」

「そうそう。このティーカップと同じことだよ。飲料水の容れ物という存在意義が失われたなら、別の価値を付与してやればいい。陶磁器というのは飲食以外にも使い道がある。君だってそうだろう？　シトリー」

そのように述べてから、シグルドはエマに目配せをした。

彼女は一礼した後、床に置かれていた大型の鞄を手に取って……開け放つ。

果たしてその中にあったのは、一振りの杖であった。

「武闘会ではコレを使うといい。聖杖とは比較にならないけれど、それでも君が使っている杖よりかは遥かに性能が高い。君のポテンシャルを半分程度は引き出せるだろう」

シトリーの技量は同世代はおろか、同時代に在ってもトップクラス。それゆえに並大抵の杖では引き出せる力の上限値があまりにも低く、高いパフォーマンスを発揮出来ない。

「不完全な道具で入試の歴代最高得点を記録したんだ。コレを使えば誰にも負けやしないさ。そう……君から聖杖を奪った泥棒猫にも、ね」

レヴィーに対する明確な悪意。

それを感じ取ったシトリーは眉間に皺を寄せつつも、努めて冷静に受け答えた。

「彼女に対するリサーチが甘いようですね。レヴィーはおそらく一回戦で脱落することになるでしょう。彼女は自らの力を誇示するような人ではありませんから。開始早々、ギブアップを宣言するかと。よってあなたの思惑通りにはなりません」

武闘会において二人がぶつかり、圧倒的な差を見せ付ける形でシトリーが勝利する。

シグルドはそんな筋書きを望んでいるのだろうが、まず以てありえないことだ。

「ご心配なさらずとも、エルゼヴェルの次期当主としての務めは――」

「ふっ、ふふ」

「――何が、可笑しいのですか」

「ん～、いや。本当に入れ込んでるんだなぁ、と。しかしねシトリー、君の想いに見合うほど、彼女は君のことを好いているのだろうか？」

ジクリとした胸の痛みを感じつつ、シトリーは歯噛みした。

（あぁ、やっぱり、わたしはこの人が嫌いだ……！）

（一度否定してやると、そう決めたなら、この人は決して諦めようとはしない……！）

つい先刻、一旦は保留としていたレヴィーとの関係性。

これを否定するための材料が、シグルドの手の内にあるのだろう。

「さっき言った通り、君達について深掘りしていこうか」

「……無駄な会話に興ずるような時間がお有りとは。随分と余裕のある生活をされてらっしゃいますね、当主様は」

「はは。動揺すると口数が多くなる。幼い頃から変わらないね、シトリーは」

出鼻を挫いて妨害せんとする娘を歯牙にもかけることなく、彼は話し続けた。

「君が述べた通り、我々の調べは甘いと言わざるを得ない。何せ全力の調査を行ったにもかかわらず……何一つとして、わからなかったのだから」

「………………」

「信じられるかい？　何一つ、だぜ？　どこで生まれ、どんな風に育ち、どのような経緯でここへ来たのか。その一端すら摑めなかった」

認めたくないが、シグルドは並外れて優秀な男だ。彼の父は無能で有名だが、彼自身はその真逆。およそ歴史上でも類を見ぬほどの傑物と言っていい。

そんな彼が全力で調べ上げてなお何もわからないというのは、信じがたいことだった。

「さて、ここからが本題だ。私は何もわからなかったし、何も知らない。……では、君はどうかな？　シトリー」

再び、ジクリと胸が痛む。それがほんの僅かに面へと出たのだろう。

シグルドは不快な笑みを一層深めて、

「まさかまさか、生まれ故郷がどこなのかってことぐらいは、知ってるよねぇ？」

「それ、は……共和国、の……」

「そもそも共和国の民であるかどうか、その確証はあるのかな？」

「えっ」

「彼女はハッキリと断言したのかい？　自分が共和国民である、と」

言われて、思い出す。彼女との会話において、どうにもおかしな点があったことを。

先進的な文明を誇る共和国民であるのに、人が建てた建造物を見たことがないと、レヴィーはそんなことを言っていたが……もしそれが共和国民ではないという証だったなら。

「これで君は、彼女の出身すらも不透明になってしまったわけだ。……で？　他に何か、知り得る情報があるのかな？」

何も答えられない。そんなシトリーを見つめながら、シグルドはくつくつと笑った。

「なるほどなるほど。君も私と同じく、何も知らないというわけか。そこを踏まえて……一つ、聞きたいのだけどね」

前のめりになりながら、彼はゆっくりと言葉を紡ぎ出した。

「――相手は君の全てを知っている。でも、君は相手のことを何も知らない。これは果たして、友人関係と呼べるのかなぁ？」

学園長の執務室にて、レヴィーはアンジュと対面した。

「どったの、アンちゃん」

「ナチュラルにアンちゃん呼びしやがるよな、君は。なんべん学園長と呼べっつっても聞きやしない……」

盛大な溜息（ためいき）をカマしてから、彼女は本題へと移った。

「明日からしばらく、出張することになってね」

「出張？　どこへ？」

「国境沿いだよ」

「国境、沿い…………何か動きでもあったとか？」

「フッ、さすがだね。戦の匂いには極めて敏感でいらっしゃる」

肯定の意を示しつつ、アンジュは詳細を語り始めた。

「国境沿いに配置された王国軍が、帝国の軍勢による演習活動を目視確認したらしい」

「演習ってことは、直接攻めてきたってわけじゃないんでしょ？」

「あぁ。しかし場所が場所だ。近い将来、侵攻をかけるぞという宣言とも取れる」

「……現実的な話なの？」

「そこが読めないから、不気味なんだよ」

机の上に肘をつきながら、アンジュが息を唸らせた。

「先の戦役が終結して以来、帝国は目立った動きを見せなかった。なぜだかわかるかな？」

「こっちにアンちゃんが居るからでしょ？」

「そう。自慢じゃないが、私は最強だからね。少なくとも抑止力として扱われる程度には」

自負の言葉にはどこか、自虐も含まれているように感じられた。

「先の戦役において、私は彼等へ力を示すと同時に脅しをかけたのさ。大人しくしてないと酷いことになるよ、ってね。それから結構な月日が経ったのだけど、今日に至るまで彼等は私の言葉を守り続けてきた」

「きっと帝国側は、アンちゃんがこの世を去るまで静観するつもりだったんでしょうね」

「うん。さすがに私も人だから、死ぬときゃ死んじゃうよ。でもまぁ、少なくともあと五〇〇年ぐらいは生きるつもりだけど、ね」

「……定命の理に反した発言ではあるけれど、アンちゃんなら可能かもね」

「だろう？　きっと帝国の奴等もそう思ってたはずなんだよ。なのに──」

「脅し文句を無視するようなことをし始めた、と。それは確かに変な話よね」

「うん。恐怖が薄れるほど時間が経ってるならまだしも、まだまだ世代交代が始まってすらいないだろうし……だからこそ、わからないんだよ。彼等が何を考えているのかが、ね」

　まぁとにかく、と前置いてから、アンジュは話を続けた。

「面倒臭いけれど、国境沿いに出向いて睨みを利かせなくちゃいけなくなった。さすがに私が行けば馬鹿なことは出来ないだろうしね」

「ん。あたしはアンちゃんが戻ってくるまで、留守番してればいいんでしょ？」

「あぁ。ついでに、問題を起こすなと厳命しておこうか。私が居ない間に校舎をブッ壊したりでもしたら……君、私が戻ったあと地獄だぞ」

「き、肝に銘じておきます」

ギラリと目を光らせるアンジュを前に、冷や汗を流すレヴィー。

「はぁ。……そうしていると本当に、君の本質を忘れてしまうね」

肩を竦めてから、彼女は対面に立つ少女の姿をジッと見据えて、

「どうだい？　君が望み続けてきた、人との交わりというのは」

「すっごく楽しい。存在が始まって以来、こんなにも心が動くことはなかった」

「そっか。……でも、それにしては浮かない様子だけれど？」

口から出た歓喜の言葉とは裏腹に、レヴィーの表情はどこか暗い。

そのことについて、彼女は切なげに目を伏せながら、こう述べた。

「交わる人達の中に、あの娘が……アイシャが居てくれたらなって。そう思っちゃうの」

アンジュは何も応えなかった。応えることが、出来なかった。

そんな彼女の前で、レヴィーは哀切を紡ぐ。

「約束、したのにな。絶対、会いに行くって」

自分の心を救ってくれた恩人であり、生まれて初めて出来た友達。

けれど彼女の存在はもう、この世にはない。

「……特別な存在を失う痛みってのは、本当によく理解出来るよ。私にもまったく同じ経験があるからね」

息を唸らせながら、自らの右手に嵌められた指輪を撫でるアンジュ。

そうして彼女は美貌に哀悼の意を宿しながら、語り続ける。

「以前にも述べたことだけどね。残された者達がすべきことは、去って行った者達と交わした約束を守ることだと、私はそう考えてる。レヴィー、君はアイシャともう一つ、約束を交わしただろう？　もし自分と再会出来なかったなら、そのときは」

「……幸せな日常を謳歌してほしい。娘と、一緒に」

レヴィーの脳裏にある少女の姿が浮かび上がる。

シトリー・エルゼヴェル。

アイシャの娘にして、友達第二号。

そんな彼女を想いながら、レヴィーはボソリと呟いた。

「もう一つの約束だけは、絶対に守ってみせる」

決然とした声にアンジュは首肯を返し、

「……まぁ、とにかく。留守をよろしく頼むよ」

「うん。アンちゃんが居ない間は、あたしが皆のことを守るから。安心してちょうだい」

ここで話は終了。

レヴィーは倶楽部活動へ戻ることになった。

「人としての生活、ちゃんと楽しみな」

「うん！　ありがとね、アンちゃん！」

シトリーの顔を再び思い浮かべながら、ドアへと向かう。

彼女とは自他共に認めるような友人関係になれたと確信している。

その絆は永遠のもので、これから深まることはあっても壊れるようなことなどありえない。

（後は、そう）

（計画が上手くいけば、それで）

胸の内にある秘め事。

それを悟られまいとするレヴィー。

だが。

その背中を見つめるアンジュの眼差しは——

「やはり謀略が下手だな、彼女は」
執務室に独り残されたアンジュ・レスティアーナ。
彼女は机を前にして、椅子の背もたれへ体重を預けると——
パチン。
指を鳴らし、室内に音を響かせる。
次の瞬間、彼女の背後にて、窓が「ギィ」と開く。
そうして部屋へと入り込んだのは、一匹の子猫。
彼女は軽快な足取りで机上へ飛び乗ると、主人を前にして座り込む。
そんな子猫へ、アンジュは言葉を投げた。
「考察に付き合ってくれるかな？　シュバリエ」
一般的な猫であれば、せいぜい鳴き声を返すかどうかといったところだが。
シュバリエは主人をまっすぐに見つめながら口を開き、
流麗な女性の声を放つ。
「了解しました。マスター」
シュバリエはアンジュが使役する使い魔である。
それは彼女に限った話ではない。

学園の敷地内にて放し飼いにされている猫は総じて、アンジュの使い魔だ。

生徒達の間で不思議がられている彼女等の存在は、学園長たるアンジュが学内を監視するために設けられた情報網であった。

「普段、私は君達を用いて生徒達の行動を把握し続けている。そこらへんの子供が相手ならそんなことはしないで済むのだけど、なにぶん貴族の令嬢だの富豪の娘だの、面倒な背景を持つ者が大半だからね。どんな火種をこの学園に持ち込むか、わかりゃしない」

シュバリエは主人を見つめながら言葉を返した。

「ここ最近は特別な問題もなく、網に掛かるようなモノもありませんでしたね」

「あぁ。しかし」

「彼女が、引っ掛かってしまった」

脳裏に一人の少女が浮かぶ。

レヴィー・アズライト。彼女はここ最近、不穏な動きを見せていた。

「誰もが寝静まった頃、あいつは寮から抜け出し」

「密会を、繰り返している」

連日の寝坊はそれが原因であろう。

「門限を破って友達と遊び回る。そんな不良行為であれば、大目に見てやれたんだけどね」

「しかし実際は、学園の生徒ではなく……」

かねてより嫌疑をかけていた、あの女。

「レヴィー・アズライトと接触した際の会話からして、彼女はクロで間違いないかと」

「あぁ。その目論見(もくろみ)についても全て把握出来た。そこはある意味、レヴィーの手柄だな」

あの女が何を企(たくら)み、この学園に潜伏しているのか。

それはあまりにも信じがたい内容、だったのだが。

「……レヴィーが関与するとなると、決して不可能とは言い切れなくなるな」

アンジュの呟き声に対し、シュバリエは硬い声色で応答を返した。

「もし事が成されたなら、最悪の事態に繋(つな)がるやもしれません」

「あぁ、そうだね。君から報告された二人の会話。それが嘘(うそ)偽りのないものだったなら

……この国だけでなく、世界中に悪影響を及ぼすことになるだろう」

以前、シュバリエから伝えられたレヴィー達の密会内容。

その中において、レヴィーはこんなことを口にしたという。

〝あたしはこの国の連中が憎い〟

〝友達を迫害した、この国が憎い〟


虚言と断定するには真に迫りすぎていると、アンジュはそう考えている。

だからこそ判断に苦しみ、今日に至るまでこの問題に対する答えを保留にし続けていた。

しかしながら、もはや悠長なことをしてはいられない。

「国境付近での不穏な動きは私をこの場から離すための陽動だ。このまま何もせずに学園から離れたなら、誰も彼女達の計画を止めることは出来なくなる」

ゆえに今、決断しなくてはならない。

何もせずに学園を発つか。あるいは――

問題の元凶を、排除するか。

「……マスター。わたしにはレヴィー・アズライトが悪人には思えません」

おずおずとこんなことを言い出したシュバリエに、アンジュは腕を組みながら、

「……きっと幼い頃の私だったなら、君の発言を肯定したのだろうね」

自らの右手に嵌めた指輪を撫でながら、アンジュは呟く。

「もう、やめたんだよ。感情で動くのは」

世間一般にてマキナの悲劇と称されし大惨事。

四代前のエルゼヴェル家当主……かつての友人が招いてしまったあの事件を経て、アンジュは自らの思想と言動を改めることになった。

「今の私は合理性に基づいて動く。この国に害を為すのであれば、相手が何者であろうとも容赦はしない。……それが、あいつとの約束だ」

レヴィー・アズライトが過去に縛られているのと同様に、アンジュ・レスティアーナにもまた、違えられぬ誓約がある。

王国の繁栄と安寧。今のアンジュはそのためだけに動く、合理性の化身であった。

「では、マスター。彼女等を……排除なさるのですか？」

シュバリエの問いに、アンジュは瞼を閉じて思案する。

（レヴィーがこの場に存在すること）

（聖杖が彼女を選んだこと。そして……敵方が進めている計画）

（それらは全てが繋がっているんじゃないか）

（そう……あのときの約束）

（レヴィーがアイシャと交わしたそれへ、全てが）

そう考えてから、アンジュは再び、手元にある情報を一つ一つ検めていった。

その末に。

「……シュバリエ。私の推測を、聞いてくれるかな？」

「はい、マスター」

この先、どのように展開するのか。

それは果たして、どのような結末を迎えるのか。

アンジュの予想を全て聞き届けたうえで、シュバリエは顔を伏せながら一言。

「……もしそうなってしまったなら」

アンジュは嘆息しつつ、首肯を返す。

「奇跡でも起きない限り、今回の一件はバッドエンドにしかなりえない」

机に両肘を置き、手を組みながら、アンジュは眉根を寄せた。

「私は感情を排し、合理性に基づいて行動する。だからこそ——」

一拍の間を空けて。

現代最強の魔女は。

ただ強いだけの、無力な彼女は。

自らの結論を口にした。

「——レヴィーを見捨てるしか、ない」

第九話　わたし達は、友達じゃないんですか？

この数日、シトリーは悪夢を見なかった。

母の死によって生じた呪いは今や消え失せ、夜ごとうなされることもない。

だが、それでも。

朝を迎えると同時に味わう憂鬱は、微塵も変化していなかった。

「…………」

無言のまま起き上がり、隣のベッドで眠るレヴィーを見やる。

「すやぴ～♪」

このアホヅラが今は何よりも愛おしい。

だがその感情こそが……新たな苦痛の、原因であった。

「…………ずっと目を逸らしたままで、いたかったのに」

父の発言が。新たな呪いが。

そのとき、シトリーの脳裏に浮かび上がってきた。

〝相手は君の全てを知っている〟

〝でも、君は相手のことを何も知らない〟
〝これは果たして、友人関係と呼べるのかなぁ？〟
……この数日間、それをずっと否定し続けてきた。
だが結局のところ、シトリーは父の言葉を振り払えずにいる。
「わたしのことを友達だと思っているなら、隠し事なんて、ありえない」
父を否定するためにこの数日、シトリーはレヴィーにアプローチを掛け続けてきた。
彼女のバックボーンを探るために。
しかしレヴィーは消極的な反応を返すばかりで、こちらに応えてはくれなかった。
「…………あなたは、どうして」
積もりに積もった感情の一部を嘆息に乗せて吐き出す。
そうしてからシトリーは、寝間着の袖口をめくった。
呪魂(じゅこん)の病魔がもたらす闇色の刻印。それは確実に、拡大し続けている。
「……先の短い命。わたしはその宿命を受け入れていた。でも、今は」
生きたいと、そう思う自分が居る。
この子と。
レヴィーと、一緒に。

そんな希望をもたらしてくれたからこそ。

だからこそ。

シトリーは彼女の全てを知りたかった。何もかもを受け止めたかった。

なのにレヴィーは、その気持ちに応えてくれない。

「…………」

限界を感じながら、シトリーはボソリと呟(つぶや)いた。

「試すしか、ないか」

◇◆◇

国立魔女学園に在籍する生徒の多くは貴族の令嬢であるが、そのほとんどは次女や三女など、家督を継げぬ者が占めている。

彼女等にとって学園は自らが成り上がるために用意された、唯一の舞台であった。

無論、表面的には皆、国防の戦士を志しているのだと喧伝(けんでん)しているのだが……

実際のところは別物。

家督を継げぬなら、せめて名を挙げ、貴族社会における敬意を浴びたい。

胸の内に秘めた野心が、彼女達の主たる原動力であった。

それゆえに。

「本日の授業で、参観日への参加資格者が決定しますぅ～」

闘技場の只中にて。

誰もがギラついた目をしながら、エマの言葉を受け止めていた。

「な、なんか皆、いつもと違って怖いわね」

「致し方ないでしょう。参観日が絡んでいるのですから」

ミランダの言葉にレヴィーは小首を傾げながら、

「そもそも参観日って、なんなの？」

「ふむ。端的に言えば……両親が見守る中、智恵と武勇を試し合った末に、最強の新入生を決める大会、といったところでしょうか」

参観日にて頂点に立つということは即ち、一学年時における栄誉の全てを得るに等しい。

そしてこの大会は彼女等だけでなく、親にもメリットがある。

娘が自らの最強を証明したなら、当然、それは親の名誉ということにもなるからだ。

「皆様方の熱意も、むべなるかなといったところでしょうか」

「ふぅ～ん。まぁ、あたしは興味ないし、皆の活躍を見守ることにしよっかな」

この発言にエマはニコリと微笑んで、

「いやいや～。レヴィーさんは強制参加ですよぉ～？　聖杖の担い手ですしぃ～」

「えぇ～⁉　やだなぁ～！　誰かに譲れないの？　参加の権利！」

誰もが欲しがるそれを拒否するような生徒など、およそ彼女ぐらいなものだろう。

その発言には不快感を覚えた者も居たが、自らの意を口にすることはしなかった。

誰もが認めているからだ。レヴィーという存在の凄まじさを。

だからこそ。

「今回の授業でレヴィーさんを打ち負かしたなら、その人に参加資格を移譲するというのはどうでしょう～？」

エマの言葉に乗ろうとする者は、一人も居なかった。

それも当然であろう。闘技場での授業というのは決闘形式の実戦である。入学初日であればまだしも、その力が知れ渡っている今、レヴィーに喧嘩を売る相手は居なかった。

「まぁ、そうなりますよねぇ～。ではぁ――」

苦笑と共に話を先に進めようとするエマ、だが。

「わたしがやります」

沈黙を続けていた少女が。

シトリーが。

小さく手を挙げて、言った。

「えっ？　シ、シトリー？」

困惑するレヴィーを一瞥もせぬまま、彼女は言葉を紡ぎ続けた。

「わたしが、レヴィーと、やります」

強い断定口調。まるで決定事項を述べるような物言いに、エマは少し考え込んだ後。

「貴女は既に参加資格を得ておりますがぁ～……まぁいいでしょう。良いデモンストレーションにもなりそうですしぃ～」

「い、いや、ちょっと待ってよ！　あたし、やるって言ってないんだけど⁉」

エマから再びシトリーに視線を移しながら、レヴィーは当惑を口にした。

「ど、どうして？　あたし、あんたと決闘なんか――」

拒絶の言葉を述べる最中。

ここでシトリーはようやっと、彼女の顔を見た。

その瞬間、レヴィーは沈黙する。

友人の目に宿った凄絶な感情を前にして、そうならざるを得なかった。

「……………」

何を思っての提言なのか、理解出来ない。だがもし、これを断ってしまったなら、自分達の関係に大きな歪みをもたらすだろうとレヴィーは直感した。

それゆえに。

「……わかった」

彼女は、頷かざるを得なかった。

「では皆さぁ～ん、観戦席へ移動してくださぁ～い」

静かに歩を刻む生徒達。その内面には強い興味が芽生えていた。

学園史上、最高得点で入試をクリアした、呪詛の一族。

学園史上、最低得点で入試をクリアした、規格外の少女。

この二人がぶつかったなら、どちらが強いのか。

ミランダもまたガルムを膝に乗せながら、興味深げに事態を静観している。

そうした中。

向き合う両者の表情は対照的であった。

落ち着き払った調子のシトリー。

未だ当惑しきった様子のレヴィー。

その狭間にて、審判者たるエマが口を開いた。

「ではお二人とも〜、始めてくださぁ〜い」

間延びした開始宣言を受けて、シトリーが杖（つえ）を抜き放ちながら一言。

「真剣に戦ってください」

告げるや否（いな）や、雷撃が虚空（こくう）を奔（はし）った。

当然のように無詠唱。それも、上級レベルの魔法である。

その神業に生徒達が感嘆を口にするよりも前に。

「変身（トランスジット）――お菓子になぁ〜れっ！」

聖杖（せいじょう）の先端が輝くと同時に、殺到した紫電がタルトへと変わった。

それをキャッチしつつ、レヴィーは思う。

ミランダへそうしたように、この決闘も、また。

しかし――

「言ったでしょう。真剣に戦えと」

さっきまで目前に居たはずのシトリーが、レヴィーの背後に立っていて。

どこか苛立（いらだ）ったような声が口から漏れ出た、次の瞬間。

「うっ……!?」

背部に鈍い痛みを感じると共に、浮遊感が全身を包み込む。

蹴り飛ばされた。

着地と同時にレヴィーはそう認識し──その直後、頭上から巨大な氷塊が落下。

これに対処せんと聖杖を掲げるが、

「変(トラ)──」

「遅い」

上へ意識を集中させた矢先、そこを突く形で、シトリーが肉迫。

握り固めた拳をレヴィーの鳩尾(みぞおち)へと叩(たた)き込んだ。

「うぁっ……!?」

彼女の動作が停止したことを確認してからすぐ、シトリーは後方へと跳躍。

一拍の間を空けて、氷塊がレヴィーを圧(お)し潰した。

「…………」

沈黙したまま目前の光景を見据えるシトリー。

そんな彼女へ、生徒達が戦慄を口にした。

「つ、強すぎでしょ、いくらなんでも……!」

「あの子、死んじゃったんじゃ……!?」

汗を浮かべる面々。

その一方、ミランダはガルムの頭を撫でつつ、平然とした調子で呟いた。

「さすがは王国の切り札といったところでしょうか」

エルゼヴェル家の魔女が背負いし使命を思えば、今し方見せた力量は当然のことだった。

有事の際には王国軍の象徴として最前線を荒らし回り、予言に記されし魔王復活の暁には、その命で以て敵方と刺し違える。それらを成すため、エルゼヴェル家の魔女は物心つく前から修羅道へと落とされるのだ。

「魔法と体術を掛け合わせた、超実戦的魔法戦術……現役の軍人でも、これほど見事に扱う御方はいらっしゃらないでしょうね」

貴族令嬢が嗜みで覚えるモノとはわけが違う。

相手の命を奪うことを目的に最適化された、おぞましい術理。

シトリーが身につけているのは、そうした殺意の塊であるが……

「しかし、ミス・レヴィーには通用しませんわね」

彼女が確信の言葉を紡ぐと同時に。

氷塊が木っ端微塵に砕け、無傷のレヴィーが姿を現した。

「ちょ、直撃、したわよね？」

「ア、アレでノーダメージ、って……！」

生徒達の驚愕をレヴィーは歯牙にもかけず、ただシトリーを真っ直ぐに見つめ続け、

「どうして」

問いに対し、やはりシトリーは無言を貫きながら、重心を落とし……

「フッ」

鋭い呼気と同時に踏み込む。

直線的な推進。

そうしながら眼前に鋼鉄の刃を具現化させ、レヴィーへと飛ばす。

「くっ」

虚空を奔る斬撃を紙一重のタイミングで躱すレヴィー。

だがそれに気を取られたことで、肉迫するシトリーの存在に気付けず……

掌打を顎へ貰い、脳震盪を起こす。

「っ……⁉」

天と地が逆転した状態。それはレヴィーにとって生涯初の経験だった。

「う、く」

たたらを踏みながらも、なんとか卒倒を防ぐ。

そんな彼女の背後から、

「本気を出さないと――死にますよ」

氷のように冷たい殺意。

向かい来る刃の気配。

一瞬にして、レヴィーは察した。

シトリーが杖の先端を刀剣へと変え、こちらの背面目掛け、突き進めているのだと。

――どうして。

そんな疑問に心が支配され、思考が停止状態へと陥る。

常人であればここで終わりだろう。

だが。

レヴィーの五体は彼女の精神的支配から離れ、自律的に動作した。

全ては完全な、無意識による行動。

相手方の動作よりも速やかに背後を向き、目と鼻の先まで迫った刃へ、手を伸ばす。

それで全てが完了した。

何が起きたのかは、当人すらもわからない。

気付けばシトリーの華奢(きゃしゃ)な体が吹き飛んで――

彼女の手から零(こぼ)れ落ちた杖は、原形を失い――

地面と少女の肢体が衝突し、鈍い音を響かせると同時に、ようやっと。

「あっ……」

レヴィーは自分がしでかしたことの重大さを、理解した。

「シ、シトリーっ！」

わなわなと唇を震わせながら、倒れ込んだ友のもとへ駆け寄る。

エマの決着宣言も、生徒達が発露した畏怖も、どうだっていい。

「あたし、なんてことっ……！」

心痛を味わい、瞳を涙で濡らしながら、相手の状態を確認する。

大きな怪我はなかった。

血も出てないし、骨が折れたわけでもない。

しかし。

「……レヴィー」

その、心は。

きっと一戦交える前の段階で、傷付いていたのだろう。

「答えて、ください」

仰向けに倒れ伏したまま、相手を見つめつつ、シトリーは問うた。

「なぜあなたは、こんなにも強いのですか」

「……っ」

「あなたはどこで生まれ、どのように育ったのですか」

「……それ、は」

「どのような事実であろうと、受け止めますから。話して、ください」

縋り付く子犬のような目。

そんな友を前にして、レヴィーは苦悩する。

伝えるべきと、理解してはいるのだ。

しかし、それでも。

「………そ、そんなことより、さ」

彼女が選んだのは、逃避であった。

レヴィーはシトリーと向き合うことから、逃げたのだ。

そんな想いが相手に伝わらぬはずもなく。

「ねぇ、レヴィー」

首元のネックレスを強く強く、握り締めて。

じわりと涙を浮かべながら、シトリーは苦悶するように、言葉を紡いだ。

「わたし達は、友達じゃないんですか？」

目尻から一筋の雫が流れ落ちる。

そのさまを目にしたことで、レヴィーは己の失敗を痛感した。

「シト、リー……あ、あたし、は……」

頭が真っ白になる。

何かを言わなくてはならない。だが、その何かがわからない。

こんなことは、生まれて初めてだったから。

「……もう、いいです」

失望しきった調子で、そう言ってから、シトリーは自力で立ち上がると、

「………友達だと思ってたのは、わたしだけだったんですか？」

レヴィーの心に杭を打ち込み、その場から去って行く。

そんな背中を、彼女は見つめることしか出来なかった——

学園寮の一室。ミランダとガルムの共有空間にて。

授業課程を終え、放課後。

「ふぇぇぇぇ……」

床に突っ伏したレヴィー。その姿はまるで老爺の如く、しわくちゃであった。

「ガルムさんやぁ……お茶はまだですかいのう……ずずずず」

「いま飲んでんじゃねぇ～かっ！」

ツッコミを入れてから、ガルムはミランダへ向かって、

「姐様っ！　もうダメですよ、こいつ！　さっさと追い出しちゃいましょう！」

「まぁまぁ。結論を急いてはなりませんよ、ガルム」

豪奢な椅子に腰掛け、優雅に紅茶を啜る。

そうしてからミランダはレヴィーへと目をやり、一言。

「仲直り、したいのではなくて？」

「……うん」

しわがれた声を出しつつ、レヴィーは小さく頷いた。

その返答にミランダは微笑を浮かべると、指を二本立てて、語り出す。

「貴女の前には選択肢が二つありますわ。一つは彼女が求むる答えの全てを提供すること、ですが……それが出来るならそもそも、こんなことにはなっておりませんわねぇ」

黙したまま首肯だけを返すレヴィー。

しかし彼女は一拍の間を空けて、

「今のあたしだけじゃ、ダメなのかな」

吐き出された弱々しい声。

これにミランダは小さく息を吐いて、紅茶を一口啜ってから、返答を投げ返した。

「語りたくない過去というのは、誰もが持っているモノですわ。そうした考えを尊重し、一定の距離を保つ。それこそが適切な友好関係というもの、ですが……そうした学びを得るにはまだ、ミス・シトリーの人生経験は浅すぎる」

ミランダは断言した。現状はシトリーの特殊な生い立ちが原因であると。

「彼女にとってミス・レヴィー、貴女は生まれて初めての友であり、そうだからこそ、一線を踏み越えたいという欲求に抗えなくなっている。端的に言えば……ミス・シトリーはね、貴女のことが好きで好きでたまらないのですよ」

想いが暴走している。ミランダはシトリーについて、そのように評した。

「互いに全てを知り尽くし、秘密など一つもない状態。それこそが友愛だと彼女はそのように考えているのでしょう。……まぁ彼女の場合、焦燥感もあるのでしょうけど」

「焦燥感？」

「えぇ。貴女もご存じかと思いますけれど……彼女は病魔に冒されているがために、長くは生きられません。それゆえにことさら、貴女との関係性に苦悩しているのでしょう」

この発言に対して、レヴィーは特別な反応を見せず、どこか納得したように頷くのみ。

ミランダからすると、そうした態度は不自然極まりないものだった。

「ずいぶんと落ち着いておりますわね」

「ん。まぁ、そこはなんとかなるから」

どういうことなのかとミランダはそう口にしたくなったが……既のところで抑えた。

問うたところで答えは返ってこない。そんなふうに直感したからだ。

であれば、あえて聞くまい。

ミランダは紅茶を再び口に含んでから、話を続行する。

「少々、話が脱線いたしましたが……とにかく、全てを打ち明けるということが不可能であるならば、もはや選ぶべき道は一つ」

握り締めた拳を見せ付けるように掲げながら、ミランダはこう言った。

「喧嘩(けんか)ですわ、ミス・レヴィー」

「け、喧嘩?」

「そう。ミス・シトリーと全身全霊でぶつかるのです。さすれば道が拓(ひら)かれましょう」

「い、いや、でも。決闘したから、こんなことになった、わけで」

「うふふふふ。笑わせないでくださいませ、ミス・レヴィー。貴女が行ったことは決闘でもなければ喧嘩でもない。少なくとも……わたくしの目には、貴女が無様に逃げ回っているようにしか見えませんでしたよ」

痛いところを突かれた。そんな気分だった。

「仲違(なかたが)いは決闘によるものではありません。むしろ、そうしなかったのが原因かと」

「………………」

「貴女の暴力を嫌う姿勢、わたくしは敬服に値するものと捉えておりますわ。けれどね、ミス・レヴィー、拳をぶつけ合うという行為は決して、憎しみを表明するためだけのものではありません。だからこそ……わたくし達は、お友達になれたのではなくて?」

ミランダは言う。あの決闘でレヴィーは自分に向き合ってくれた、と。だからこそ、さまざまな事柄が、言葉ではなく心で理解出来たのだと。

「向き合いなさい、ミス・レヴィー。今度こそ真剣に。全力で。そのための舞台は、既に用意されてましてよ」

「ん……参観日、だよね？」

「ええ。武勇を試し合う武闘会にて、ガチンコの喧嘩。ミス・シトリーと仲直りするにはそれしかありませんわ」

　この言葉に一瞬、レヴィーは迷いを見せたが、しかし、やがてそれを吹き飛ばし、

「……うん。そうね。あんたの言う通りよ、ミランダ」

　彼女は一つ頷いてから、反省の言葉を口にした。

「あたし、あの子から逃げてた。向き合うのが怖くて。でも……そんなあたしの弱さが、あの子を傷付けちゃった。だからあたし、謝りたい。今度はちゃんと、向き合いながら」

　しわくちゃだった顔に覇気が戻ってくる。

　そんな様子に微笑（ほほえ）みながら、ミランダはレヴィーへ激励の言葉を贈った。

「壊れた友情は復元され難（にく）いものではありますが……もしそれが叶（かな）ったなら、その絆（きずな）はより一層強固なものとなります。此度（こたび）の一件は貴女達がそこへ至るまでの通過点であると、わたくしは信じておりますわ」

「うんっ！　ありがと、ミランダっ！」

礼を述べると、レヴィーは決然とした意志を瞳に宿しながら、部屋を後にした。

「ふんっ！　まったく世話焼かせやがってっ！」

「うふふふふ。貴女は何もしてませんでしたわよねぇ、ガルム」

子犬のように愛らしい妹分を引き寄せ、抱き留めると、膝に乗せて頭を撫でる。

そうしながらミランダは、小さくポツリと、呟いた。

「……さて。どうなることやら」

「んん。そうですね。姐様に、ここまでさせておいて、仲直り出来なかった日には」

「いえ。それについては特に心配しておりませんわ」

「えっ？　じゃあ、さっきの言葉は？」

ここでガルムを撫で回す手をピタリと止めて。

ミランダはどこか深刻げな顔をしながら、口を開いた。

「どうにも、奇妙な胸騒ぎがするのです」

「胸騒ぎ、ですか？」

「ええ。何かよからぬことが起きる、前触れのような……」

レヴィー、そして、シトリー。

二人の顔を思い浮かべながら、ミランダは深々と嘆息するのだった――

第一〇話　このときを、待っていた

参観日は智恵を競う前半戦と、武勇を競う後半戦で成り立っている。

舞台はいずれも闘技場。

参加者は選りすぐられた一学年の二〇名。

前半は頭脳の勝負が展開されるわけだが、いかんせん地味である。

何せやることが衆目を浴びながらの学力テストだとか、早解き形式の雑学問題だとか、絵的につまらないものばかり。

それらはシトリーが圧倒的な成績で以て頂点に立った。

レヴィーは開始一分で眠りこけたため、即時失格となった。

そして現在。

地味な知恵比べを終えた彼女等は、打って変わって、ド派手な魔法戦を繰り広げている。

『おっと、ここでストップとなりましたね』

『さすがはエマ子爵。見事な采配でした』

一般的な闘技大会と同様、このイベントにも解説者が存在する。

しかし観戦者の大半が貴族であるため、市井(しせい)でのそれと比べて随分とお上品であった。

『さてトーナメント形式で展開されております本大会、やはり優勝候補は』

『ええ、アルトネリア家の最高傑作と名高い、ミランダ様でしょう』

忖度(そんたく)丸出しな解説者達に、当のミランダは舞台の中央にて苦笑した。

この闘技場は簡素な造りとなっているため、控え室などは存在しない。

ゆえに選手達は舞台中央の壁際(かべぎわ)に立ち、観客の視線を浴びながら、自分の出番を待つ形となっていた。

「なんかめっちゃ注目されてるわね、ミランダ」

「いえいえ。わたくしではなく、家名が見られているに過ぎませんわ」

謙遜ではなく、ただ事実を述べただけ。ミランダはそう認識している。

真の優勝候補は二人。

レヴィー・アズライトとシトリー・エルゼヴェル。彼女等であると確信しているからだ。

「まぁそんなことはさておき……出番が回ってきましたわよ、ミス・レヴィー」

ミランダの言葉が終わるや否(いな)や、解説者がレヴィーと対戦相手の名を呼んだ。

「ん。じゃ、行ってくる」

「応援しておりますわ。必要のないことやもしれませんが」

ひらひらと手を振って微笑するミランダにガッツポーズを返してから、レヴィーは舞台へと上がり――

「ククク。哀れな仔羊よ、せいぜい良き声で鳴くがいい。我が漆黒の意志は汝(なんじ)の身を瞬(また)く間に灼(や)き尽くさん」

なんかスゲー濃ゆい奴(やつ)と対峙(たいじ)することになった。

「我ぁぁが名は堕天の精霊、ミトス・クレベェェエル！　孤高にして華麗なる絶対者！」

「えっ。あ、あんた精霊なの？」

「ふふんっ！　我が威におののいたか、仔羊よ」

「出身は？」

「えっ？」

「オヴェロニアの神域じゃないわよね？」

「えっと……我が故郷は遥(はる)かなる黄金郷！　天空に浮かぶ城塞、メルクリウスなりぃ！」

「はぁ～。そんなところから遥々。大変だったでしょうに」

これまでレヴィーが本格的に魔法戦を行わなかったのは、相手を慮(おもんぱか)っていたがため。

しかし今回は特に、気遣う必要もなさそうだ。

いやむしろ。

気を抜けば敗れてしまうかもしれない。

それは困る。

争いごとなんて心の底から嫌だけれど、自分には今、負けられぬ理由があるのだ。

チラと壁際に立つ一人の少女を見てから、レヴィーは相手へ向かって問いかけた。

「因果逆転の理法、あんたも使えるわよね？」

「えっ？……ふ、ふん。当然であろう。我を誰だと思っておるのだ」

「そっか。じゃあ本当に、遠慮しなくてもいいかな」

一つ頷いてからすぐ、審判役のエマが両者の狭間に立ち、試合開始を宣言。

その瞬間。

「《理空の円転》《極滅の法呪》《死活は我が手にあり》」

レヴィーの詠唱に応じて、凄まじい魔力の奔流が荒れ狂う暴威となって、周囲の有象無象へと襲い掛かる。

「な、なんだ、これは⁉」

「何をしているんだ、彼女は……⁉」

壁面に亀裂が走り、フィールドの一部が砕け散る。

「えっ、あの」

対面に立つ相手は無防備なまま動かない。

撃って来いということだろう。

なんかビビり倒しているような様子だが、こちらを油断させる芝居に違いない。

そんな手には乗らぬと心の中で呟きながら、レヴィーは詠唱を進めていく。

「《摂理よ逆巻け（ゼラ＝ファトス）》《命理よ我が意に従え（メファ＝ソ＝ラキア）》」

瞬間、天空が紅（あか）く染まり――

ぽっかりと空いた漆黒の穴から、名状し難（がた）い巨大な何かが、その頭部を露出させた。

「あばばばばばばば」

「おべべべべべべべ」

それを目視確認すると同時に、観戦席に腰を下ろしていた貴族達の半数が失神。

彼等の反応はレヴィーにとって特におかしなものではなかったのだが、しかし。

「ひぃえええええええっ⁉」

涙を流して尻餅をつき、恐れおののく対戦者の姿に、怪訝（けげん）となる。

「……あの。なに、驚いてんの？」

詠唱を一時中断し、問いかけてみたのだが。

「ふぁああああああっ⁉」

なんか、めっちゃビビられてる。

「あたし……たいしたこと、してないわよ、ね？」

「ほべぇっ⁉」

「これぐらいなら全然、小手調べでしょ？　あんた、堕天した精霊なんだから」

「あばぁっ⁉　あばばばっ！　あばばのばっ！」

首がとんでもない速さで横に振られまくる。

よもや、これは。

「えっとぉ……も、もしかして、なんだけど……あんた、精霊じゃないの？」

「ほっふぁっふぁあああああああああっ！」

残像が発生するほどの速度で、今度は首を縦に振りまくる。

これを受けてレヴィーは全身に冷や汗を浮かべ、

「や……」

全てを察すると同時に、

「やらかしたぁぁ……！」

発動しかけていた第六滅亡定理の秘法をキャンセル。

全ての異常現象が瞬く間に消失し、先刻通りの穏やかな午後の時間が戻ってきた。

「え、えっと、そのぉ………ごめんね？　ここからは普通に試合、しましょっか」

汗だっくだくな状態で提案したレヴィーに、対戦相手は限界を迎えたか、ぷしゅ～っと頭から煙を放ち――

「ギブアップします。嘘吐いてサーセンっした。後で靴の裏舐めますんで許してください」

華麗な土下座を決めた後、そそくさと逃げ去っていった。

『…………』

解説者含む、全員が沈黙する中、レヴィーは困り果てたように笑って……

それから、彼女を見た。

シトリー・エルゼヴェル。

ほんの一瞬だけ目が合ったものの、すぐに逸らされてしまう。

この数日間、ずっとこれだ。

話しかけても無視するだけでなく、目を合わせてもくれない。

これだけの大騒動を起こしてもなお、その態度は一切ブレなかった。

「はぁ……」

嘆息しつつ壁際へ。レヴィーを迎え入れたミランダは何か言いたげであったが、ぐっと堪えるようにして言葉を飲み込んだ。

その後。

武闘会は何事もなく進行していき、そして。

『さて次の試合は』

『ええ、注目の一戦ですよ』

会場中の観戦者が固唾を呑んで見守る中。

ミランダとシトリーが対峙する。

『両者は共に公爵家の御令嬢様ですが……』

『力量はおそらく拮抗しているかと』

実況者達は忖度と遠慮に塗れた解説しか出来なかった。

ミランダのみを持ち上げれば、一応の公爵家たるエルゼヴェルへの無礼となる。

しかし呪詛の一族をおおっぴらに称えることも憚られるため、なんとも無味乾燥とした言葉を選ぶしかなかった。

しかし……

この勝負がどちらに転ぶかわからないという考えについては、嘘偽りのないものだ。

「お二人とも～、準備はよろしいですねぇ～？」

両者の間に立つ審判役（エマ）。彼女に対し、両者は首肯を返す。

「ではぁ～――――始め！」

宣言と同時に、二人は杖（つえ）を抜き放ち、その先端を向け合う。

そして。

「風よ、千刃と（ウインド）――」

ミランダが詠唱を紡（つむ）ぎ終えるよりも前に。

シトリーの魔法が彼女のもとへと殺到する。

竜巻状の灼熱（しゃくねつ）。

自らを飲み込まんと迫るそれを、ミランダは大きく横へ跳んで回避した。

「――なりて敵を裂け（スラッシュ）」

着地と同時に詠唱を終えて、風属性の攻撃魔法を発動。

先程の返礼とばかりに、今度は密集した風の刃（やいば）が竜巻となってシトリーを襲う。

されど彼女はその場にて不動。

殺到する風刃に対し威風堂々と胸を張って、杖に魔力を流し込む。

次の瞬間、シトリーが発動したのはミランダとまったく同じ、風属性の攻撃魔法。

しかしその規模はミランダのそれに倍するモノで。

ゆえに竜巻状の風刃はシトリーのそれによって飲み込まれ、消失。

そのままの勢いでミランダへと迫る。

「ッッ……！」

眉間に皺（しわ）を寄せつつ、ミランダは杖を構え、詠唱。

「鉄壁よ、我が身を守れ（ギガ・ウォール）！」

刹那、彼女の周囲に半透明な黄金色の膜が生じ、向かい来る風の刃からその身を守った。

これにて一合目が終了。

まだまだ勝負は始まったばかり……だが、このファースト・コンタクトの時点で、観戦する者達は誰もが結論を出していた。

シトリーの勝利は、揺るぎないものだと。

『あ、あまりにもハイレベル、過ぎて、実況を忘れて、おりました』

『い、いやぁ、さすがですね、このお二人は』

実況者達は両者を五分の存在であるかのように印象づけようと、努力を試みてはいるのだが……言葉の節々には本音が透けて見える。

ミランダは敵方を見据えたまま、そんな彼等（かれら）に苦笑を漏らし、

「相手よりも高度な魔法を、相手よりも速く発動出来る。この時点で魔法戦における決着

は付いたも同然、ですわね」

自身に勝ち筋はない。

そのように断言するミランダの美貌には、しかし、焦燥も畏怖もなかった。

彼女の対面に立つシトリーにしても、勝者の余裕など微塵（みじん）も感じてはいない。

互いに知っているからだ。

相手方が異常存在（イレギュラー）であるということを。

「……不得手な魔法戦で、これほどの力を見せるとは。やはり貴女（あなた）は異常ですね、ミランダ・アルトネリア」

周囲の節穴達はミランダをこのように評する。

魔法戦の天才である、と。

しかしシトリーは彼女の本質を見抜いていた。

即ち（すなわ）——ミランダには、魔法の才能がまったくない。

彼女の本領は、別のところにある。

「使いますか？　今、ここで」

もしもミランダがその気になったのなら、この勝負はどう転ぶかわからなくなる。

だが、しかし。

「……フッ」

ミランダは小さな笑声を零すと、右手を天へと掲げ、

「この勝負、ギブアップさせていただきますわ」

宣言する。

自らの、敗北を。

『おっ、とぉ……⁉』

『これは、予想外の決着、ですねぇ……！』

実況者の困惑に合わせたかのように、場内がどよめき始めた。

誰にとっても想像出来なかった結末。

だが、シトリーは一つ息を吐いて、

「まぁ、そうなるでしょうね」

構えていた杖を下ろしつつ、呟く。

これにミランダは堂々と胸を張ったまま微笑を浮かべ、悠然と言葉を紡いだ。

「わたくしが本領を発揮するのは、誰かを守るために死力を尽くすときだけだと、そのように定めておりますから。このような舞台で軽々しく扱うつもりはありませんわ」

それに、と前置いてから、ミランダはシトリーへ次の言葉を送った。

「本日の主役は貴女とミス・レヴィー。わたくしは端役に過ぎません」

そのように述べた後、彼女は優雅な立ち振る舞いを崩すことなく、舞台から降りた。

「えっと、その……お、惜しかったわね、ミランダ！」

「ふふ。敗者への気遣いなど不要ですわよ、ミス・レヴィー。そんなことよりも」

ミランダは軽くレヴィーの背中を叩いて、

「行ってらっしゃいな、ミス・レヴィー。貴女達の喧嘩、見届けさせていただきますわよ」

「……うん。ありがとう、ミランダ」

促され、舞台へと向かう。

『今回の武闘会は波乱の様相となりましたね』

『ええ。シトリー様はエルゼヴェル家の御令嬢であり、十分に名の知れた御方ですが』

『無名の生徒が決勝に残ったのは……かのアンジュ・レスティアーナ様以来でしょうか』

実況の声と観衆の注目を浴びながら、レヴィーはそこへ立った。

シトリーの前に、立った。

「……ようやく、目を合わせてくれたわね」

うっすらと微笑しながら呼びかけるレヴィー。だが相手からの応答はない。

シトリーは黙したまま、ネックレスを握り締めるだけだった。
「準備は万端といった調子ですねぇ～」
言いつつ、エマはシトリーが背負う闇色の杖を見やった。
それはシグルドが用意し、エマが手渡したものだ。
「ふふふふ。頑張ってくださいねぇ～」
妙に上機嫌な様子でこんなことを口にした後。
彼女は試合の開始を宣言する。
「では始めてくださぁ～い」
開幕と同時にシトリーが杖を抜き放ち、無詠唱の魔法を発動。
風刃の嵐を巻き起こし、レヴィーを襲撃する。
シトリーは現状をとことん冷徹に捉えていた。
倒すべき相手を合理的かつ効率的に打ちのめす。そのためのプランだけが頭にある。
（初手は余裕を以て対応可能な攻撃魔法を、あえて発動）
（これを隠れ蓑にして接近）
（顎に打撃を入れて脳震盪を誘発する）
レヴィーの肉体は魔法に対する異様な耐性を持つ反面、体術には弱い。

それは前回の一戦で学んだことだ。

（……さっさと終わらせよう）

湧き出そうになる思考を無理矢理に抑え込んで、予定通りに動こうとする。

だが、その前に。

「…………っ！」

レヴィーが選んだ行動によって、プランに狂いが生じた。

回避も相殺も容易に可能な風刃の群れ。されど彼女はどちらも選択しなかった。

あえて、攻撃を受け止めたのだ。

「くっ」

小さな苦悶が漏れる。

防御の魔法すら用いなかったのか、彼女の体は風の刃によって刻まれ、随所から鮮血が噴き出ていた。

そんな姿にシトリーはジクリとした胸の痛みを感じたのだが……

「チッ」

舌打ちと同時に感情を押し殺し、次手を打つ。

レヴィーの真横、死角となるそこへ土塊を顕現させ、推進。

並の魔女なら直撃するだろうが、彼女なら簡単に回避可能だろう。

しかし……今回のそれもまた、レヴィーはあえて受け止めてみせた。

「うっ」

小さな悲鳴を漏らし、横へ吹っ飛ぶ。

地面を転がる彼女の腕は内出血によって青黒く染まっていて、実に痛々しい。

「…………っ」

やおら立ち上がるレヴィーを睨みながら、シトリーは、

「何を、してるんですか」

無意識のうちに口を開いていた。

「あはは……やっと、喋ってくれた……」

傷付きながらも嬉しそうに笑うレヴィー。

ジクリジクリと胸の痛みを感じながら、シトリーは次の言葉を放つ。

「質問に答えてください」

努めて冷然とした声音を吐き出したつもりだったが、しかし、そこには明確な熱が宿っている。それを感じ取ったのか否か、レヴィーは困ったように笑って、

「ミランダには喧嘩してこいって言われたけど……でも、やっぱりダメね。友達に手をあ

げるだなんて、あたしには出来ない」

「……それは」

カチンと来た。

シトリーは無意識のうちに魔法の発動準備を整え、そして。

「わたしへの当て付けですか」

放つ。

氷塊の群れを、雨あられと。

「うっ」

全弾命中。

だが、決着が付くほどの大ダメージにはならない。

全身の各所に青痣が出来る程度。

合理的に考えればやはり、当初のプラン通りに近接格闘へ持ち込むべきであろう。

それはわかっている。

けれども、シトリーは、

「……やり返しなさい」

「やだ」

合理性に身を任せることが出来なかった。

　レヴィーの不合理が、彼女の心を動かしていた。

「……やり返しなさいよ」

「やだ」

　魔法を放つ。

　全て直撃する。

「……やり返せと、言ってるでしょう」

「絶対に、やだ」

　魔法によるダメージが重なっていく。

　シトリーは確実に、レヴィーを追い詰めていた。

　さりとて。

　実のところ、真に追い詰められているのは。

「なんで、こんな……！」

　歯嚙(はが)みするシトリー。

　魔法の連撃を容赦なく浴びせかけるが、しかし、レヴィーは一向に倒れない。

　無抵抗のまま、ジッとこちらを見つめ続けてくる。

その姿には何か、感じ入るものがあった。

「……あなたって人は、本当に」

放つ魔法の威力が、次第に弱まっていく。

シトリーの感情を反映するかのように。

「どんだけ、馬鹿なんですか……！」

唇を震わせながら、呟く。

その瞳はうっすらと涙で濡れていて。

「隠し事のために、そんなにも、ボロボロになって……！　馬鹿過ぎるでしょ……！」

「うん」

「そんなにも、言いたく、ないんですか……！」

「それをずっと、考えてたの」

レヴィーは拳を強く握り締めた。

自らの選択に伴う恐怖を、味わいながら。

「ミランダは言ってくれたわ。隠し事の一つや二つは認められるべきだって。でも……あたしのそれは、許されるものじゃない。だって結局のところ、あたしはあんたのことを、信じられてないってことだから」

唇を震わせながら、レヴィーは真剣な面持ちで言葉を紡ぎ続ける。

「あんたは言ってくれたわよね。どんなことでも受け入れるって」

「…………」

「その想いをあたしは、信じ切れなかった。だから言えなかった。でも」

今は違うとレヴィーは断言する。

その覚悟を決めたうえで、彼女はこの場に立っていた。

「ねぇ、シトリー」

求められていたことを口にする。

最悪な結末を迎えてしまうかもしれないと、そう怯えながらも。

友の想いに応えることを、レヴィーは優先した。

「あたしの生まれ故郷、ね。共和国じゃ――」

シトリーが固唾を呑んで待ち構える中、震えた声で言葉を紡ぐレヴィー。

しかし。

その途中で。

「このときを、待っていた」

なんの前触れもなく。
あまりにも唐突に。
しかし、本人にとってはどこまでも想定通りのタイミングで。
異常事態が、発生した。
「あがっ」
喀血するレヴィー。
その胸元から、手が生えていた。
いや違う。
生えているのではない。
背後から、貫通しているのだ。
「レ、ヴィー……？」
現状を受け止め切れなかった。
どうして。
どうして…………エマが、そこに居る？

第一一話　彼女の正体

「──心臓を貫いてもまだ死なないのか。やはりしぶといな」

レヴィーの背後にて。

彼女の胸から手を抜いてからすぐ、首を狙って鋭利な爪を奔(はし)らせる。

しかしその一撃が到達する前に。

「ミス・レヴィーッ！」

ミランダが紫電を放った。

「反応が早い。しかし……読み通りだ」

エマ、いや、エマだったモノは易々(やすやす)と雷撃を回避し、

「降りよ、闇の帳(ブラック・ウォール)」

ミランダが追撃を放つよりも前に。

闘技場の中心部が、半球状の壁面によって覆われた。

結界魔法。

外と内とを完璧に隔絶する、超高位魔法の一つ。

それが発動した頃。

レヴィーが大量の出血を伴って、地面へと倒れ伏した。

「……これほどの致命傷を負わせれば、まず助かることはないだろう」

一仕事を終えたような調子でレヴィーを一瞥し、それから、エマだった何かは吐き捨てるように呟いた。

「裏切り者め」

わけがわからない。

目前の状況に呆然としつつも、シトリーは無意識のうちに疑問を吐き出していた。

「裏切り者……？」

問いに対し、相手方はシトリーへと目を向けながら、口端を吊り上げた。

「あぁ。こいつは我々にとっても、そしてお前達にとっても、裏切り者と呼ぶべき存在だ」

意味がわからない。

そんな当惑に、彼女はこう答えた。

「お前達が初の授業日を終えた後のことだ。深夜、こいつは寮を抜け出し、私に接触してきた。エマとしての私ではなく……この学園に潜伏していた、魔人の私に、な」

言うや否や、彼女の姿が変異していく。

盛り上がる全身。口元から伸びる牙。そして……額から、二本の角が突き出てくる。

それは彼女の正体を示すもの。

魔人の一種。

鬼妖族の証であった。

「私はある計画のため、この学園に潜んでいたのだが……こいつはそれに勘付いていた。それを聞かされたときはどうしたものかと頭を悩ませたよ。何せこいつは、あまりにも強すぎる。下手をすればアンジュ・レスティアーナに比肩するやもしれん」

だが、と前置いてから、鬼妖族の女は次の言葉を紡ぎ出した。

「緊迫するこちらを前にして、こいつはこう言った。計画に参加させてほしい、とな」

「っ……！」

「どんな事情かは知らんが、こいつはこの国の連中を憎んでいた。その感情は本物だと、そう感じ取ったがために、私はこいつの願いを聞き入れた。そういう意味で、こいつはお前達にとっての裏切り者ということになる」

信じがたい話だった。

あのレヴィーが、そのような感情を抱えていただなんて。

「我々の内部へ入り込んでからすぐ、こいつは計画に対する修正案を提案してきた。元来であれば信用出来ぬ者の立案など拒否するところだが……」

嘆息してから、鬼妖族(オーガ)の女は言った。

レヴィーが提案した修正プランは完璧な内容だった、と。

ゆえに致し方なく、乗ることにしたのだと。

「しかし……協力者の報告により、我々はこいつの裏切りを知った。もしこいつの提案した計画を進めてしまったなら、我々の目的は達することが出来なくなってしまう。ゆえに、こいつは我々にとっても裏切り者ということになる」

ここで一拍の間を空けた後、彼女はニヤリと笑みを浮かべ、次の言葉を放った。

「こいつを排除出来たのは、お前のおかげだよ、シトリー・エルゼヴェル」

「……えっ」

「レヴィー・アズライトの力量は我々のそれを遥(はる)かに上回るものだった。ゆえに正攻法は当然のこと、搦(から)め手(て)を用いても排除することは困難。どうしたものかと苦悩した矢先……お前が、こいつと仲違(なかたが)いをした」

瞬間、シトリーは全身が凍り付くような感覚を味わった。

そんな彼女を嘲るように笑いながら、鬼妖族(オーガ)の女は語る。

「お前との仲違いにより、こいつには大きな隙が生じた。それがなかったなら、我々の計画はおそらく破綻していただろう。心の底から感謝するぞ、シトリー・エルゼヴェル」

真っ白な頭の中に入り込んだ言葉が、今。

シトリーの心に、亀裂を走らせた。

「わたしの、せいで……」

カタカタと震える彼女を前にして、鬼妖族(オーガ)の女は小さな笑声を零(こぼ)し、

「やはり運命は我等(われら)に味方しているのだろう。これにて、ようやっと」

胸元から小さな球体を取り出す。

彼女の手に収まるそれは闇色のオーラを放ち、見るからに尋常の物体でなかったが……

シトリーの胸中に警戒心が芽生えることはなかった。

自分のせいでレヴィーが。

そんな現実を前に、彼女の心は崩壊寸前まで追い詰められている。

ゆえに――

地面から伸びた触手状の何かを避(さ)けることも出来ず。

シトリーは無抵抗のまま、全身を拘束された。

「お前は生(い)け贄(にえ)だ。シトリー・エルゼヴェル」

ゆったりとした歩調で近付いてくる魔人（デミ・ヒューマン）。

その顔には未来への確信だけがある。

「星辰（せいしん）が揃（そろ）う今日、この日、このときを以（もっ）て、長きにわたる戦乱に終止符が打たれることとなろう。我等の勝利という形で、な」

憂いなき微笑は、しかし——

次の瞬間、瞠目（どうもく）の形へと変貌した。

「っ……！」

煌（きら）めく地面。そこに悪寒（おかん）を感じ取ったのだろう。彼女は弾（はじ）かれたように真横へ跳んだ。

一瞬の間が空いた後、今し方まで彼女が立っていた場所を、輝く魔法の矢が通過する。

果たして、その発動者は。

「レヴィー……!?」

致命傷を負い、死にゆくのみと思われていた少女。

その姿を見て、シトリーは二つの驚愕（きょうがく）を覚えた。

一つは当然、致命傷を受けてなお立ち上がり、魔法を発動したという事実に対するもの。

そしてもう一つは……彼女の、外見に対するもの。

穴が空いていた胸部が発光する結晶のような物体によって塞がれ……体の随所に、同様の何かが見受けられる。

あまりにも異常だった。

今のレヴィーはまるで、人外のようだった。

……いや。

あの姿は、人外のようではなく、むしろ。

「なるほど……！　道理で底が見えないわけだ……！　道理で、しぶといわけだ……！」

文字通り、人外だったのだから……！」

鬼妖族の脳裏には今、明確な答えが浮かんでいる。

「原初の存在にして、霊長の頂点……！　属性を支配する者……！」

即ち。

「精霊ッ……！　その受肉体だったかッ……！」

レヴィーは肯定も否定もすることなく、シトリーへ目を向けた。

その瞳に、哀切の情を宿しながら。

「レヴィー……」

一瞬にして理解した。

なぜ、自らのバックボーンを話したがらなかったのか。

その気持ちがシトリーには痛いほどわかる。

だからこそ、彼女の姿を、見ていられなかった。

「……ごめんね、シトリー」

悲しげな声音を漏らす精霊(レヴィー)。

しかし、彼女はすぐさま思考を切り換えて、魔人(デミ・ヒューマン)へと一言。

「あんた達の好きにはさせない」

これに鬼妖族(オーガ)の女は冷や汗を流しながらも、眉間に皺(しわ)を寄せて、

「この、裏切り者がっ……！」

「酷(ひど)い言い草ね。あんたが横やりを入れなければ、アレを復活させるっていう目的は達成出来てたはずよ。それを思えば……あんたの方こそ裏切り者なんじゃないの？」

「我々の目的は、かの御方による支配体制の樹立だ！　貴様を捨て置けば、これまで積み重ねてきた苦労が水の泡となっていた！」

両者の目的は実のところ、共通したモノではある。

だが、そこに至った後の狙いについては、真逆と言っていい。

それゆえに。

「我々はシトリー・エルゼヴェルを贄とし、長きにわたる戦乱を終わらせる……！　その

邪魔をする者には……容赦せんッ！」

戦闘意思を発露させ、なんらかの魔法を放とうとする。

だがその前に。

あまりにもアッサリと、決着が付いた。

「ぐぁっ⁉」

鬼妖族（オーガ）が吹き飛び、そして、気付けば地面に倒れ伏していた。

圧倒的な力量差。

それを見せつける形で魔人（デミ・ヒューマン）を処理すると、レヴィーは再びシトリーを見て、

「今、助けるからね」

手を向けると同時に、彼女を拘束していた触手が消滅。

解放されたシトリーはカタカタと全身を震わせ、俯く（うつむく）ことしか出来ない。

そんな彼女を前にして、レヴィーもまた目を伏せながら、

「……そう、よね。怖い、わよね。やっぱり」

「……っ！　ち、違います！」

シトリーは弾かれたように顔を上げ、弁解の言葉を口にしようとしたのだが。

それよりも前に。

「ふ、ふふふ、ふふふふふ」

倒れ込んでいた鬼妖族(オーガ)の女が笑声を漏らす。

悪寒。

それを感じ取った頃には、もう。

「全てが読み通りだ」

相手方の行動が、完了した後だった。

「なっ……!?」

瞠目するシトリー。

その理由は、手に持っていた己(おの)が杖(つえ)。

そこから漆黒のオーラが溢(あふ)れ、彼女の全身を覆い尽くしていく。

「こうなると思っていた。レヴィー・アズライト。私は貴様を仕留めきれぬと、そのように想定していたのだ。ゆえに……前もって仕込んでおいたのさ」

シグルドが用意した杖に細工を施し、彼女はそれをシトリーに手渡した。

その時点で、彼女の仕事はもはや、レヴィーの気を引くことのみとなっていたのだ。

「私を破ったところで意味などない。最初から、私の狙いはこれだった。この時が訪れるまで、シトリー・エルゼヴェルが杖を所持していたなら、それで我々の勝利が確定する」

何が起きているのか、彼女には十全に把握出来ているのだろう。

だがシトリーは。

「く、う……！」

わけもわからぬまま、意識が朦朧(もうろう)としていく。

「レ、ヴィー」

自分という存在が、何か別のものへと変わっていく。

そんな感覚を味わいながら、末期(まつご)となるであろう言葉を紡(つむ)がんとするが、

「わたし、は」

それを最後まで口にすることは叶(かな)わず。

彼女の意識が消失すると同時に。

「っ……！　シトリーっ！」

全身を覆っていた闇色の膜が、莫大(ばくだい)なオーラとなって放射される。それはレヴィーと魔人(デミ・ヒューマン)の全身を打ち、まるで衝撃波のように両者の体を吹き飛ばした。

「くっ……！　いったい、なにが……！」

着地し、なんとか踏ん張るレヴィー。

一方、鬼妖族(オーガ)の女は結界の壁面にて哄笑(こうしょう)し、

「さぁ！　再び現世へ降臨なさいませ！　我等が真なる王よ！」

狂気とも取れる感情が、その顔に宿った直後。

一際強い衝撃波が生じ、それが闇色の結界を破壊する。

「…………っ」

闘技場の中央にて。

観衆が。

生徒達が。

魔人が。

レヴィーが。

彼女の姿を、見た。

「シトリー……？」

違う。

そこに居たはずの少女は、別の何かへと成り果てている。

容姿は確かにシトリーに似たもので、彼女を大人の女性へ成長させたなら、このような外見になるのではないだろうか。

腰元まで伸びた艶やかな黒髪。

純白の美貌と、真紅の瞳。

纏（まと）う衣服は魔女学園の制服から闇色のドレスへと変化。

その側頭部から伸びる捻（ねじ）れた竜角は、彼女が人類種の頂点たる竜煌族（ドラゴニュート）であることの証（あかし）。

「…………」

黙したまま、彼女は周囲を見回す。

たったそれだけ。

それだけのことしか、していないはずなのに。

視線を浴びた者、その複数が絶命へと至った。

「っ……！」

レヴィーにはわかる。

目前に立つ存在の異常さが。

目前に立つ存在の、強大さが。

「ひ、ひひ。ひひひ。ひへはは。はははははははは」

魔人（デミ・ヒューマン）が狂ったように笑い出す。

「障（さわ）っただけで死に至らしめるとは……！　なんという膨大な魔力……！」

彼（か）の存在は、災厄の化身。

そこに存在するだけで、弱き者は魔力の波動により、命を失う。

史書に記されし特徴をまざまざと見せ付ける彼女へ、鬼妖族(オーガ)の女は叫んだ。

歓喜の声に、極限以上の畏怖を込めながら。

「我等が真なる王ッ……！　イヴリス・ベルゼヴァーナ様ッッ！」

第一二話　再臨する暴虐

竜煌族（ドラゴニュート）の美女。

圧倒的な暴力を有する皇帝。

彼（か）の存在については様々な記述が残されているが、共通しているのはこの二点のみ。

書物によって彼女の記され方はまるで異なっている。

慈悲深き聖女のようだと伝えるものもあれば、おぞましい怪物として伝えるものもあり、
明確な人物像は今なお判然とはしていない。

それゆえに後世、彼女は劇作家の手により様々な描かれ方をしてきたのだが……

誰もが一貫して、彼の存在を悪役に据え続けてきた。

そこには一つの例外もない。王国は当然のこと、かつて彼女を王と仰いだ帝国でさえ。

誰もが彼女を畏れ、疎（うと）い、唾棄すべきモノとして扱い続けている。

――暴虐の魔王、イヴリス・ベルゼヴァーナ。

今はただ、歴史の一ページに刻まれた、それだけの存在。

だが今。

それだけだったはずの存在が。

それだけで、あるべきはずの存在が。

現世にて、口を開く。

「――服従か、挑戦か。如何(いか)に?」

思わず聞き惚(ほ)れてしまうほどの美声。

しかしそれは同時に、あまりにも無機質で、なんの情も感じさせはしない。

その美貌もまた蝋(ろう)人形のように冷然としており、そこには不気味な虚無だけがある。

「…………っ」

彼女の問いに対し、場に居合わせた者達の大半は前者を選んだ。

動物的本能で理解出来る。挑戦したなら確実に死ぬ、と。

そんな恐怖に立ち向かうだけの勇気を持つ者は、ごく僅か。

そのうちの一人であるミランダ・アルトネリアは、杖を構えながら相手方を睨(にら)み、

「……本日が、わたくしの命日になるやもしれませんわねぇ」

畏怖の情を噛(か)み締めながらも、決して服従の意思は見せない。

　そんな彼女をイヴリスは一瞬だけ目にしてから、すぐに視線を横へずらし、

「…………お前は、服従を選ぶのだな。同胞よ」

　視線をすぐ横、平伏する鬼妖族に向けるイヴリス。

　その真紅の瞳に見据えられ、彼女はわなわなと全身を震わせながら、

「む、無論にございます、陛下。あ、貴女様は、我等が主。挑戦など、ありえませぬ」

「……余が現世を去ってより、幾年過ぎた？」

「お、およそ四〇〇年に、ございます」

「……お前の位階は？」

「じょ、上位八魔級、ガーディアンにございます、陛下」

　鬼妖族の言葉にイヴリスは嘆息を返した。

「やはり余がおらねば、現世は弱者が跋扈するのみ、か。これしきの圧にも耐えられぬ者が上位八魔級とは。我が同胞もずいぶん惰弱になったと見ゆる」

「お、おそれいりま――」

　伏したまま言葉を紡がんとする鬼妖族の女であったが、しかし、それは最後まで発露することはなかった。

　口にする途中で、口そのものがなくなったからだ。

「余の世界に、弱者は要らぬ」

あまりにも冷ややかな声と視線。

それを送られた魔人(デミ・ヒューマン)は今、その頭部を失い、絶命へと至っていた。

「…………！」

あまりにも平然と、まるでゴミを片付けるような感覚で同胞を抹殺したイヴリス。

その姿を前に、レヴィーは拳を握り固めつつ、思索を巡らせていく。

王国への来訪。聖杖(せいじょう)の獲得。そして――アイシャからシトリーへと託されたネックレス。

全てはレヴィーの企てに繋(つな)がるものだった。

それは今や、想定外の横やりによって大きく歪(ゆが)んでいるが、しかし。

「……最悪の状況ってわけじゃ、ない」

決然とした情が湧き上がってくる。

そんな彼女を尻目に、イヴリスはか細い声で、こう呟(つぶや)いた。

「存在は不要。なれど、その器は役に立つ」

亡骸(なきがら)に手をかざした瞬間、それが漆黒の霧へと変じ、四つに分割される。

目前にて展開される様相がいかなる意味を持つのか、レヴィーは瞬時に理解した。

「……ありえない」

人は死を迎えたならそれまで。天へ還った魂が戻ることはない。

なのに、魔王・イヴリスは定命の理を捻じ曲げて……

四人の傑物を現世へと蘇らせた。

「……これは」

精悍な顔立ちをした鬼妖族の美丈夫——天将鬼、ガレオン・ゾディアス。

「ゲラゲラゲラ♪　なんとも愉快な状況だねぇ〜☆」

絶世の美貌を派手化粧で彩る、竜煌族の少年——道化王子、リオン・ベルゼヴァーナ。

「フム。おおよそ、理解しまシタ」

頭部全体を奇怪な仮面で覆う黒翼族の怪人——大導元帥、ソル・メナ・カーティス。

「チッ！　けったくそわりぃ……！」

しなやかな長身を誇る狼牙族の美女——魔天狼、プリセラ・イレヴンヴァイト。

彼等はかつて魔王と並び、王国を存亡の危機へと至らしめた帝国の大英雄。

即ち、四天王である。

「我が前に集いし英傑達よ。祖国へ帰還し、弱者共を間引いてまいれ」

王と臣下。その関係性を思えば、彼女の命令は絶対である……はずなのだが。

「断る」

「やぁ～だね☆」

「右に同じク」

「死ねやクソボケ」

全員、一人の例外もなく、即座に拒絶の意を示した後。

誰もが忽然と、その場から姿を消した。

「……フッ、相も変わらず愛い奴等よ」

配下に全力で命令拒否されてなお、魔王は怒りの情など微塵も見せなかった。

いやむしろ、心なしか嬉しそうですらある。

「さてさて」

息を唸らせつつ、イヴリスは再び周囲を見回した。

観客と生徒達のほとんどは心神喪失状態。

戦闘意思を見せているのはレヴィーとミランダ、彼女等を含む六名のみであった。

そうした状況を前にイヴリスは小さく息を吐いて、

「残すべきはたったの六人、か。なんとも寂しいものだ」

呟き声が漏れると同時に、彼女の周囲から煌めく無数の流線が放たれた。

それらは虚空（こくう）を凄（すさ）まじい速度で駆け巡り、服従を選択した者達へ殺到。

彼等は皆、悲鳴を上げることすら出来ぬまま、絶命へと――

「白壁（ホワイト）ッ！」

ほぼ無詠唱に近い速さで、レヴィーが防壁を展開。

それによって魔王が繰り出した攻勢はことごとくが阻止され、全員が一命を取り留めた。

「……ほう」

無機質な声音に僅かな感嘆を込めて、イヴリスがレヴィーへと目をやる。

そんな相手方の視線を真っ向から受け止めながら、彼女は口を開いた。

「二つ目の約束だけは……絶対に守るッ！」

刹那、二種の超高位魔法を同時発動。

結界によって彼我を特殊空間へと封印し、続いて、結界内部に固有の世界を創造する。

まるで万華鏡（まんげきょう）の内側に閉じ込められたような形。

空間を形成する無数の面には太陽のような煌めきがあり、それらが一際（ひときわ）強い輝光（きこう）を放った瞬間――

「《灼き尽くせ、塵滅の光（ソラ＝ゼ＝ヴェディア）》ッ！」

光線が射出される。

尋常な数ではない。

視界を埋め尽くすほどの、圧倒的な超高熱の群れ。

されど魔王は泰然自若とした調子を崩すことなく、

「結界と創世の同時発動。そこに加え、この攻撃」

すいすいと避(よ)け続ける。

その様はまるで、美しい舞踊を見せつけているかのようだった。

「そなた、尋常の存在ではないな」

これに応ずることなく、レヴィーは次手を打った。

「変　身(トランスジット)────風神招来(アドベント・シルフ)ッ！」

詠唱完了と同時に、彼女の全身が一陣の風へと変化する。

そうして疾風(はやて)の化身となったレヴィーは猛然とイヴリスへ迫りつつ、無数の光線全てを
手動でコントロール。

超高熱の群れがそのとき、整然とした軌道で躍動し──

「むっ」

一撃、イヴリスの腕を掠(かす)めた。

そこに気を取られた瞬間、実体へと戻ったレヴィーが敵方の背後に出現。

そうして聖杖を構えつつ、彼女は思考する。

（暴虐の魔王……）

（思った以上に、強い）

（当初の計画が破綻したせいで、とんだリスクを背負うハメになったわね）

表面的な協力関係にあった魔人（デミ・ヒューマン）に提案した、魔王を復活させるための手法。それは相手方が望むような内容ではなかった。

その方法を用いれば確かに魔王は復活するのだが、その直後に魂を封印され、現世から完全に存在を抹消されることとなる。

しかし、いかなる原因によるものか、魔人（デミ・ヒューマン）はこちらを裏切り、想定外の方法で魔王を復活させてしまった。

（望んだ展開とは程遠いけれど……でも、最悪ってわけじゃない）

（シトリーの魂はまだ、残ってる）

あの魔人（デミ・ヒューマン）が用いた復活の手法は、シトリーの中にある魔王の魂をなんらかのアイテムによって増幅させ、肉体の主導権を交代させるといった内容だったらしい。

であれば、まだ、望みは十分にある。

（相手はこっちの狙いに気付いてない）

（封印の条件は今、完璧に揃ってる……！）

次の瞬間、イヴリスが振り向き、レヴィーへ目をやった。

それと同時に、聖杖の先端から煌めく流線が放たれ——

イヴリスの首元に提げられたネックレスへと、吸い込まれていく。

「よしッ……！」

成功を確信すると共に、ネックレスが力強く発光。

そうした様相を前にイヴリスは「ほう」と息を唸らせた。

「封印魔法。それも、極めて強力な」

呟いてからすぐ、イヴリスの全身から漆黒のオーラが放たれ、ペンダントへと流れ込んでいく。

「これは……逃れられぬ、か」

次第に、イヴリスの全身が溶けるように消えていく。

それが完全に進行しきったなら、シトリーが戻ってくるだろう。

その身に刻まれた呪いを、一掃して。

（あたしの言いつけ通り、毎日魔力を込め続けてくれたのね、アイシャ）

（おかげで、必要な情報が完璧に刻み込まれてる）

彼女へ渡したそれには、二つの意味があった。

一つは友愛の証。

もう一つは、封印魔法を発動するための媒介。

魔力とは魂から放出されしエネルギー。それを特定の物体に込めたなら、そこには当人が有する魂の情報が刻み込まれる。

常人であれば、それは一種に限定されるものだが……アイシャの場合は二種。

当人のそれと、魔王のそれだ。

（封印の魔法を発動して魔王の魂だけをペンダントに閉じ込める）

（それは今のあたしにとって、困難な内容だった）

受肉したことにより、レヴィーの能力は大きく低下している。

ゆえに此度の封印は様々な条件をクリアする必要があったのだ。

（紆余曲折はあったけれど……どうにか、目的は達成出来た）

（これでシトリーは救われる）

（魔王の魂が消えれば、それがもたらしていた問題も、また）

エルゼヴェルの血筋に代々受け継がれてきた、呪魂の病魔。

少なくともそれは完全に消失するだろう。

（呪いを消し去り、人として生きる。二人で、一緒に）

（そのために、あたしは——）

切なげな表情で状況を見守る。

そんなレヴィーの心には、緊張感など微塵もない。

全てに決着が付いたのだと、そんな確信だけがある。

しかし。

「長き月日を経て完成した儀式道具。そこに加え、聖杖の能力を存分に用いて構築した、封印の魔法。実に見事な代物、だが——」

そのとき。

ピシリと、音が鳴り響いた。

それが発生した場所は。

「そんな、まさか」

呆然とするレヴィー。その視線は、一カ所に集中している。

亀裂が走ったペンダント。

レヴィーはそれを見つめることしか、出来なかった。

「——余を侮っていたようだな」

そして、暴虐の魔王、イヴリス・ベルゼヴァーナは宣言する。

「これしきのことで、余を封じることなど出来ぬ」

刹那。

ペンダントから莫大（ばくだい）なオーラが解き放たれた。

「……ッ！」

レヴィーの心中に動揺が広がる。

それは一瞬だが、確実に彼女を無力化し、それゆえに。

次の瞬間、発生した事象に対して、レヴィーはなんの抵抗も出来なかった。

「余の同居人は、そなたがいい」

ペンダントのみならず、イヴリスの全身からも、漆黒のオーラが放たれ――

レヴィーへと殺到。

平時であればなんらかの対処が出来たろうが、しかし、今は望むべくもない。

「くッ……！」

流入する。

レヴィーの中へ、魔王の魂が。

それと前後する形で、イヴリスの姿がシトリーへと変化する。

だが……レヴィーの心に歓喜などない。

入り込んできたそれが、彼女の存在を侵食していく。

「う、あッ……！」

結界と創世の魔法が強制的に解除される。

周囲の空間が闘技場のそれへ戻ると同時に、地面へ倒れていたシトリーが目を覚ました。

「あ、れ……？」

当惑しながら周りへ視線を配る。

そうすると……

苦悶するレヴィーの姿が、瞳に飛び込んできた。

「ぐ、ぅ、あ……！　あああああ……！」

地面に蹲って頭を抱える。

その手には赤黒い流線が走り、ゆっくりと、しかし確実に全身を覆い始めていた。

「レヴィーっ⁉」

近寄ろうとするシトリーを手で制しながら、彼女は悔しげに呟いた。

「支配、される……！　抗え、ない……！」

超越者たるレヴィーの精神を以てしても、魔王の魂を抑え込むことは出来なかった。

「このまま、じゃ……！」

最悪の未来がやってくる。

そう確信すると共に、レヴィーは決意した。

イヴリスを自らの内側に封じ込め、永遠に外へ出られなくしてやろう、と。

そうすれば皆が助かる。

これから友達になってくれるかもしれない人達が。

今まで、友達で居てくれた人が。

誰も彼も、助かる。

ならばそうしよう。

迷うことなく、レヴィーはそれを選んだ。

「《我が身よ（セファルス）》《未来永劫（アマダニア）》《石となれ（オードレット）》……！」

詠唱が完了してからすぐ、彼女の体がゆっくりと石化し始める。

そんな光景を前にして、シトリーは愕然（がくぜん）とした顔をしながら、

「レヴィー、あなた……！」

わなわなと震えるシトリーの眼前にて、彼女が力なく倒れ込んだ。

「っ……！」

慌てて駆け寄ると、シトリーは彼女の上体を抱き上げ……その瞬間、絶望する。

もうほとんど、石に近かった。

レヴィーの体は、もはや人のそれではなくなっていた。

「お別れ、ね……シトリー……」

悲しげな声が、レヴィーの唇から漏れ出る。

「ふ、ふざけないでください！　こ、こんな……！　こんなところで、終わりだなんて！」

シトリーの言葉が届いていないのか、レヴィーは一方的に自分の想いを紡ぎ続けた。

「あたし……怖かったの……自分の正体を、打ち明けたら……シトリーに、嫌われちゃうんじゃ、ないかって……だからずっと……言えなかった……」

シトリーは唇を噛みながら、レヴィーの手をギュッと握り締め、

「ごめん、なさい……！　ごめんなさい、レヴィー……！」

聞くべきではなかった。

彼女の心に、しまい続けてもらうべきだった。

人から外れた何か。

そんなものを背負う存在がどんな苦しみを味わうのか、シトリーには痛いほどわかる。

だからこそ。

だからこそ、レヴィーの真実など、暴くべきではなかった。

「こわかった、よね……あたしの、こと……」

「そんなこと、ない！」

「仕方、ないよね……あたしは、人じゃ……」

「そんなの関係ない！　あなたは……！　あなたは、わたしの……！」

レヴィーの手がシトリーの頬に触れて、流れ落ちる涙を拭う。

そうして彼女は――

シトリーの首元に提げられたネックレスを見つめながら、哀切の情を、口にした。

「……ごめんね、アイシャ。約束、守れなかった」

彼女の口から出た、母の名前。

それがシトリーに強い衝撃をもたらした。

「まさか……あなたが……!?」

居るはずもない母の妄想。

そのように決めつけていた待ち人が、今。

「一緒に、居たかった……ずっと、ずっと……」

一筋の涙を流し、そして。

「さようなら」

末期(まつご)の言葉を紡ぐと同時に、その体が完全な石へと変わる。

「……わたしは」

石化したレヴィーに、母の姿が重なって見えた。

あのときのように、自分は。

「また、大切な人を……！」

ポロポロと涙が零(こぼ)れ落ちる。

それしか出来なかった。

泣いて悔いることしか、シトリーには出来なかった。

「レ、ヴィー……！　レヴィー……！」

石化した友は、もう何事も返してはくれない。

そんな現実は全て、自分がもたらしたもの。

無理に彼女の全てを知ろうとしなければ、きっと、こんな結末にはならなかった。

そんな後悔が、シトリーの心を苛む。

「うっ、うう……」

すすり泣く少女の声が、その場に響いた――次の瞬間。

バチッと紫電が飛び、シトリーの頬を叩く。

それはレヴィーの腰に提げられた、聖杖から放たれたもので。

バチッ、バチッと、二度、三度、紫電が再びシトリーを打つ。

諦めていいのか。

彼女を助けたくないのか。

そう、問いかけるように。

「…………！」

シトリーは涙を拭うと、決然たる表情で手を伸ばした。

聖杖へ。

かつて自分を拒絶した、それへ。

存在意義を得るためではない。

苦痛から逃げるためではない。

「この一回限りでいい……！　もう二度と、使えなくてもいい……！」

だから。

「わたしに……友達を救う力を、貸してくださいッ！」

果たして聖杖は、シトリーの想いを受け入れた。

摑み取る。これまで幾度となく奇蹟を起こし続けてきた、伝説の杖を。

呪われた一族の末裔ではなく、ただのシトリーとして。

「……お母さん」

ヒビ割れたネックレスを握り締めながら、シトリーは亡き母の遺言を思い返す。

〝貴女があの子の、友達になってあげて〟

その言葉に彼女は力強く首肯し――

友を救うための戦いへ、臨むのだった。

第一三話　王者は斯く語りき

そこは精神世界と表するほかない、特殊な空間であった。

無限に続いているかのような大地は二つの真逆な環境によって構成されている。

緑が生い茂った穏やかな森林。

ひどく荒涼とした不毛の平野。

それらの狭間には一卓のテーブルが置かれてあり、その中心が領域の境目となっている。

「…………」

レヴィーは椅子に腰を落ち着けながら、対面に座る美女を睨み続けていた。

魔王、イヴリス・ベルゼヴァーナ。

彼女は卓上のティーカップを手に取ると、優雅な所作で以て中身を啜る。

「そなたも飲むがいい。毒など入ってはおらぬ」

気安い調子でレヴィーの前に置かれたカップを指差す。

美しく、豪奢なそれは、イヴリスが持つ物とは真逆である。彼女のカップはヒビ割れや汚れが目立ち、テーブルもまた彼女の側だけがボロボロになっていた。

その背後には寂寞とした荒野が広がっており、そうした風景を目にしただけで、レヴィーにはイヴリスという存在がいかなる精神の持ち主であるか十全に理解出来た。

「ずっと独りで生きてきたのね、あんたは」

「否。余は孤独を感じたことなどない」

嘘か真か、声音や表情からはまったく読み取れなかった。

そんなイヴリスは茶を一口啜った後、レヴィーを真っ直ぐに見つめながら一言。

「独りで生きてきたのは、そなたの方であろう？　――霊王よ」

レヴィーは否定も肯定もせず、ただ相手を見据えるのみだった。

表面的には泰然自若。

しかし内面には僅かな動揺がある。

それを反映したかのように、イヴリスの領域が僅かながらも広がっていく。

「……っ」

レヴィーは理解している。相手方の領域が自分を飲み込んだなら、その時点で終わりだと。肉体を完全に支配され、皆が傷付くことになるのだと。

ゆえに心を強く持ちながら、イヴリスを睨む。

されど当人は涼しげな顔のまま、鋭い視線を受け止めて、

「余は前々から、そなたのような存在と語らいたいと思っていた。人外でありながらも人を遥（はる）かに超越した知性の持ち主。そんな存在を、余は求め続けていたのだ」

　無機質な声に、ほんの僅かな情が帯びる。

　それは悪意でもなければ闘志でもない。

　状況的にはもっとも不似合いなモノ……即（すなわ）ち、友愛である。

　これにレヴィーはますます相手方への理解を深め、睨む視線に憐憫（れんびん）を宿しながら一言。

「あんたは、人が嫌いなのね」

　果たして魔王は紅茶を啜り、

「……全員ではない。強者は総じて友と捉えておる。しかしながら……弱者はダメだ。奴（やつ）等（ら）の存在は根絶やしにせねばならぬ」

　そのように述べてから、魔王は一つの問いを投げてきた。

「霊王よ。至高の存在たるそなたの目に、人という種はどのように映る？」

「……その答えを断言出来るほど、あたしは人を知らない」

「左様か。であれば……余の結論を語ろう」

　一拍の間を空けて、イヴリスは自らの意見を口にした。

「人は醜い。そこに人間（ヒューマン）も魔人（デミ・ヒューマン）も関係はなく。現世に罪を抱えながら誕生し、冥府へと還るまで汚濁を積み重ねる存在。それこそが、余にとっての人類種よ」

「……あんた、やっぱり人が嫌いなんじゃない」

「否。誤解をしてくれるな。確かに余は人の醜さを嫌悪しておる。だが……それでも愛したいのだ。人類という概念を。なればこそ、間引かねばならぬのだ。弱き者共をな」

イヴリスは滔々と語り続けた。

「人は総じて醜い。だが許容出来る範囲というものもある。その内側に留まる存在は例外なく強き者達だ。彼等は必要以上に他者を羨まない。妬むこともない。その心には常々余裕があり、だからこそ他者を思いやることが出来る」

その一方で。

「弱き者共は上位者を憎み、嫉み、下層へと引き摺り下ろそうとする。その心に他者を気遣う余裕などなく、むしろ積極的に攻撃しようとさえする。異物の存在を認めることもなく、多様性を否定し、自らを正義と信じて疑わない」

イヴリスは冷淡な声音でハッキリと言い放った。

「弱者共の存在こそ、悲劇の根源よ。奴儕を現世より一掃したなら、世界はたいへん美しく、何者も傷付くことはない、理想郷へと至るだろう。それこそが余の原動力にして存在意義。その世界には余が友と認めた者のみが存在し、誰もが笑って暮らす。即ち――」

魔王は天を見上げながら、ポツリと呟いた。

「——余は、友達パラダイスを築きたいのだ」

言葉のチョイスよ。

レヴィーは眉根を寄せつつ、嘆息した。

「強い人達だけを残せば世界は平和になって、誰も傷付かず、皆が幸せになれる、と」

「然り。そなたも余の理想に——」

「だったらさ。あんたはその世界に居られないんじゃないの？」

ぴしゃりと言い放ってから、レヴィーはさらに積み重ねていく。

魔王の心を抉る、言葉の数々を。

「あんた、言ったわよね？　心に余裕がなくて、他人を積極的に攻撃するのが弱者だって。その判断基準に当てはめれば……あんたはなに？　少なくともあたしは、あんたを強いとは思わない。むしろ……誰よりも弱くて醜い、弱者の代表例みたいに見えるけど？」

他者の命を平然と踏みにじり、ゴミ屑のように扱う。

そこにどのような思想が宿っていようとも、レヴィーはイヴリスを強者とは認めない。

その戦力がたとえ人類最強であったとしても、レヴィーはイヴリスを弱者だと断言する。

そんな彼女の態度に、魔王は——

「なんでそんなひどいことというの」

無表情な美貌から、無機質な声を漏らして。

さめざめと、泣き始めた。

「…………っ⁉」

あまりにも意外な反応に、レヴィーは当惑せざるを得なかった。

なんらかの思惑を秘めた芝居であろうかとも考えたのだが……イヴリスの紅い瞳から雫が流れるたび、レヴィーの領域がゆっくりと広がっていく。

そうした状況を見るに……魔王は本気でショックを受け、涙を流しているのだろう。

「なんなの、あんた」

相手方のことを理解可能な怪物から、得体の知れない何かへと、認識を改めるレヴィー。

そんな彼女の前でイヴリスはひとしきり泣き続けた後。

「余とて人の子ぞ。痛点を突かれれば泣きたくもなる」

ふぅ、と一息吐いてから、彼女は語り続けた。

「そなたは余のベスト・フレンド……メアリーによく似ておる。彼女にも頻繁に泣かされたものだ。ゆえに霊王よ、このイヴリスはそなたを第二のベスト・フレンドに認定する」

勝手な親友判定。

これにレヴィーは自らの言動を思い返した。

かつてシトリーに対し、彼女を友達第二号と認定したときのこと。

ほんっっっとに嫌そうな顔をしていたことを覚えている。

きっと彼女はこんな気持ちだったのだろう。

「ふむ。強い拒絶の情を感じるな。そういうところも彼女にそっくりだ」

再び魔王は一息吐き、そして。


「──なんでそんなかおするの」


紅い目をカッと見開いて、このようなことを口にした途端。

今度は一気に彼女の領域がレヴィーのそれを侵食し始めた。

「なっ……!?」

先程とは真逆の現象に、瞠目(どうもく)するレヴィー。

そんな彼女へ魔王は虚(うつ)ろな瞳を向けながら、ポツリと呟く。

「わたしはこんなにもすきなのに」

侵される。侵される。侵される。

「どうしてすきになってくれないの」

テーブルの中心で拮抗していた互いの領域が、イヴリスの色へと染まっていく。

「どうしてそんなかおするの」

やがてイヴリスの領域がレヴィーの半身を蝕み始めた頃。

「わたしをきらいにならないでよ」

体の自由が利かなくなる。声を出すことも出来なくなる。

レヴィーは侵食される自らの体を見つめながら、奥歯を軋らせた。

(ごめん、皆……！)

(もう、どうにも、ならない……！)

おそらくは魔王の情念がレヴィーのそれを遥かに上回っているのだろう。

無理からぬことではある。

未来に対して強すぎる感情を抱くイヴリス。そんな彼女に反して、レヴィーは失意の底にあるのだから。

「わたしといっしょにいてよ」

「……っ」

「なにがあってもはなさないから」

手を向けてくる。

それがレヴィーの肌に触れたなら、きっと全てが終わるだろう。

抗(あらが)えない。

抗う気力が、ない。

自分はもう何もかもを失っているのだから。

アイシャも、シトリーも。

自分の前から、居なく――

「レヴィイイイイイイイイイイイイッッ！」

響く。

ありえない声が。

届くはずのない、声が。

シトリーの絶叫が、レヴィーの耳に、響く。

「……っ」

幻想だと思った。

しかし、そうではなかった。

次の瞬間、魔王へと雷撃が殺到する。

イヴリスは避けなかった。

そうするまでもないと判断したのか。

あるいは動くことを忘れるほど、意外な状況だったのか。

いずれにせよ——

二人だけだった世界に一人、闖入者が現れる。

それはまさしく。

「助けに来ましたよ、レヴィー……！」

シトリー・エルゼヴェル、その人であった。

第一四話　勝因：友達が居たから　敗因：友達が居なかったから

侵食が収まっていく。

いやむしろ、レヴィーの領域が少しずつ魔王のそれを押し始めてすらいた。

その理由は確実に、今、彼女の眼前へと降り立った存在……

シトリー・エルゼヴェルとみて間違いない。

「ほう」

闖入者の出で立ちを見つめながら、魔王がゆるりと口を開いた。

「そなた、名は？」

「シトリー。シトリー・エルゼヴェル」

「エルゼヴェル……そうか、メアリーの子孫か」

感慨深げに呟きつつも、なぜだかイヴリスは小首を傾げ、

「彼女とは似ても似つかぬな。むしろそなたは……余に似ておる。はて、もしや」

僅かな逡巡で答えを得たらしい。

イヴリスは得心したような調子で言葉を紡いだ。

「あぁ、そうか。そなたは彼女の子孫であると同時に、ある意味では余の子孫でもあるのだな。そう思うと、ずいぶん愛おしい存在に見えてきた」

無機質な紅い瞳に、微少ながらも優しさが宿る。

「そなたも苦労しておるのだろう。わかるぞ、その気持ちが」

「……全部あなたのせいでしょうが」

強い敵意を瞳に宿し、聖杖（せいじょう）を相手へ向けるシトリー。

その背後にて。

レヴィーが瞠目しながら口を開いた。

「あ、あんた、なんで……!?」

なぜここに居るのか。

方法論的な意味ではない。それは聖杖がもたらした奇蹟（きせき）という一言で片が付く。

ゆえにレヴィーの問いかけは、つまり。

「あんた……あたしの、こと……」

畏れたではないか。

拒絶したではないか。

だから、もう。

二人は、友達で居られなくなったのだと。

そんな想いが問いに宿っていたことを、シトリーは十全に読み取っていた。

だから彼女は油断なく敵方を睨みながらも、背後の彼女へ意識を傾けて、

「言ったでしょう。どんな内容だろうが受け止めると」

レヴィーの肩がピクリと震える。

それと同時に、彼女の領域が魔王のそれをさらに侵食し始めた。

「体を震わせたのは、あなたを畏れたからではありません。自らの愚かさに悔恨と怒りを覚えたがために、震えざるを得なかったのです」

広がっていく。

レヴィーの領域が、シトリーの言葉に合わせて。

「聞くべきでないことを無理矢理に暴いてしまった。そのことを今は深く反省し、悔いています。本当にごめんなさい、レヴィー。わたしの身勝手で、あなたを傷付けてしまった。どれだけ謝っても足りないことだとわかってはいます。でも……」

魔王から視線を外して、シトリーは肩越しにレヴィーを見る。

その瞳は涙で濡れていて。

次の瞬間、彼女は震える唇から、溢れる想いを紡ぎ出した。

「わたしは、あなたのお友達で在りたい。たとえ何があろうとも、永遠に」

シトリーの言葉を受け止めたことで、レヴィーの瞳にも涙が浮かぶ。

「……あたしのこと、まだ友達だと思ってくれるの？」

「当然でしょう」

「あたし、人じゃないんだよ？」

「それが何か？」

「感性とか、ズレてるし。迷惑も、かけるだろうし」

「むしろそこがあなたの魅力でしょう」

微笑を浮かべながら、シトリーはレヴィーのもとへ歩み寄り、

「この想いは、わたしだけのものではありません」

自らの首に提げていたネックレスを外し……

それをレヴィーの首へ掛けながら、言葉を紡ぐ。

「母は最後まで、あなたのことを想い続けていました。当時はそんな母を恨めしく感じていましたが……今は、違います」

あっけに取られたような顔のレヴィー。その肩を叩いて、シトリーは一言。

「母の分まで、わたしがあなたと一緒に居ますよ、レヴィー」

アイシャとシトリー。

二人の想いを汲み取ったのだろう。

レヴィーは一筋の涙を零し、

「ありがとう……！」

大きな感情を込めながら、頷く。

そんな彼女に優しげな笑みを返すと、シトリーはあえて目を逸らし……

乗り越えるべき試練へ、意識を集中させた。

「帰りましょう、レヴィー。二人で。あいつを、倒して」

「……うんっ！」

力強く立ち上がって、シトリーの隣へ並ぶレヴィー。

その目には失意などない。

未来への強い希望だけが宿っていた。

「ふむ。なんか知らんが……仲直り出来たのだな？」

「えぇ」

「待っててくれてありがとう」

二人をジッと見据えながら、イヴリスは淡々と口を開いた。

「では新たにシトリーを交え、三人で茶会をしよう。友人同士で談笑に花を咲かせるのは、さぞや楽――」

「いやです」

「――えっ」

「あなたとお茶会なんて心底ごめんこうむります。そもそも勝手に友達とか言わないでください。わたしはあなたをそんなふうに思ってません。一方的に自分勝手な感情を向けないでもらえませんか。気持ちが悪いです」

容赦のない言葉の数々が、魔王の心を抉った。

全弾クリティカル・ヒット。

イヴリスのライフはもう、ほとんどゼロである。

「……そなたは余が嫌いか」

「いいえ？　好き嫌いを決めるほど、時間を共にはしていないでしょう」

「左様か。然らばなおのこと茶会を」

「だから。一方的に押し付けないでくださいと言っているでしょう。わたし達は帰りたいのです。それはさっき言いましたよね？　聞いてなかったんですか？」

「それは……無論、聞いていたが」

「だったらその要望通り、わたし達を元の世界へ戻してから、改めて提案するというのが筋でしょう」

「いや、しかし……そうしたなら余は、器を失ってしまうではないか」

「じゃあ新しい器でも用意して、後日、お茶会に誘ってください」

「いや、だから、それは……」

「駄々をこねないでください。聞き分けのない子供じゃないんだから。あなたもう大人のレディーでしょ？　その歳になるまでどんな生活してたんですか？　友達居なかったんですか？　だとしたら今一度、自分を見つめ直した方がいいと思います」

「…………」

「泣いたところで何も変わりませんよ。ただみっともない姿を晒すだけです」

次から次へと繰り出される毒舌の刃。

人の情に疎いレヴィーであるが、さすがにコレはアカンと判断した。

いくら相手が魔王でも、言葉の暴力で打ちのめしてよいというわけではないのだ。

「あのぉ～、シトリー？　もうちょっとこう、なんというか……手心というか」

「いいえ。こういう人は一度ビシッと言わなきゃいつまで経っても成長しません」

誰目線だよ。

まともな者がこの場に居たらそうツッコんでいただろう。

しかし。

現場には、彼女等しか居ない。

比較的まともなシトリーと、何本か螺子が飛んだレヴィー、そして――

「――うむ。興が乗った」

頭のおかしな魔王。

彼女は無機質な美貌を二人に向けながら、淡々と言葉を紡ぎ続けた。

「少しばかり、じゃれ合ってやろう」

「いや、そんなことしてる暇は――」

「わたしをひていしないで」

底冷えするような声音が、イヴリスの唇から放たれた、次の瞬間。

「危ないっ！」

レヴィーがシトリーの華奢な体を抱いて、横へ跳ぶ。

前後して、今し方まで彼女が立っていた場所に、煌めく超高熱の柱が立った。

「これはじゃれ合いであって、憂さ晴らしではない。別にそなたの悪口に腹を立てたとか、そういうのでは決して――」

「そんなだから友達出来ないんですよ。バッカじゃないの」

「――あなたわたしのこときらいでしょ」

二手目を打ってくる。

無数の光線が虚空を奔り、二人（主にシトリー）のもとへ殺到。

これをレヴィーが防壁で防ぎ、そして。

「暴力的な人を、好きになることはありません……ねッ！」

聖杖を突き出し、返礼の一撃を見舞うシトリー。

彼女もまた光線の群れを顕現させ、意趣返しを狙う。

それらは迫る敵方の熱源達を避けて進み、たちまちイヴリスへと肉迫。

回避のタイミングは既に過ぎた。

これは直撃する。

そう確信したシトリーを否定するかのように、イヴリスが片手を払う。

まるで羽虫を散らすような所作。

ただそれだけのことで……迫る無数の光線、ことごとくが消失した。

「さすがメアリーの末裔、と言ってやりたいところだが」

指差しながら、魔王は冷ややかに言う。

「火力を担当するには、まだまだ未熟が過ぎ――」

「カッコ付けないでください。ぼっちのクセに」

「――ぼっちじゃないもん。ともだちたくさんいるもん」

目をクワァッ！　と見開きながら、イヴリスが激しい攻勢を仕掛けてくる。

光線に加え、数多の属性魔法を雨あられと浴びせかけてくるそのさまは、恐ろしい魔王というよりかはイジけた子供のようであった。

「っ……！　シトリー、防御をお願い！　あたしが攻めてみる！」

「了解……！」

聖杖に全神経を集中させ、防壁、相殺、靭性強化など、さまざまな魔法を同時発動。

史上最高の性能を誇る杖は、シトリーの力を完璧に引き出してくれる。

その力で以て魔王の攻撃を防ぎ、相殺し、そして。

「フッ！」

靭性を始め、あらゆる要素に強化を付与されたレヴィーが、イヴリスへと踏み込む。

「変身――――雷神招来ッッ！」

自らの四肢を稲妻に変えて、超高速運動の果てに、敵方の胴を穿つ。

そこからさらに。

「変身(トランスジット)――炎神招来(アドベント・サラマンドラ)ッッ！」

豪炎となりて敵方を覆い尽くし、数瞬後、大爆発を起こす。

まさに人外ならではの攻勢。

だが、それを受けてもなお、魔王は。

「ふむ。余に痛みを味わわせるとは。やはりそなたは余の知る中でも五本の指に入るほどの猛者(もさ)であるな、霊王よ」

少しばかり怪我(けが)をしたという程度。

それも一瞬にして回復し、まったくダメージを与えられない。

「無茶苦茶ね、あいつ……！」

「このままでは、埒(らち)が明きません……！」

再び二人並んで、イヴリスを睨(にら)む。

そうした視線を浴びつつ、魔王は肩を竦(すく)め、

「つまらぬ。やはり余は争いごとが嫌いだ」

それからジッとシトリーを見つめながら、言葉を続けていく。

「何合か打ち合ってみて理解した。そなたは現段階においても十分に強い。聖杖を持てば万の軍勢を凌(しの)ぐだろう。しかしそれでいて、未(いま)だ未完成。将来が実に楽しみだ」

「……それはどうも」

「ともすればメアリーとも肩を並べるやもしれぬ。そうなったなら……」

「否。むしろなんとしてでもベスト・フレンドの座に就かせたい。いや……就くべき、と言い換えた方が良いか」

「わたしを排除しますか？　邪魔者として」

「そなたと余は、おそらく思想を共有出来る間柄であろう」

怪訝な顔をするシトリーに、イヴリスは断言した。

「……身勝手な妄想はやめてください」

「否。根拠ならばある」

無機質な声で、魔王はゆっくりと言葉を紡ぎ続けた。

「先刻も述べたことだが……メアリーの末裔であるということは即ち、余の末裔ということでもある。何せそなたの内には余の魂が宿っているのだから」

「…………」

「なれば必然、迫害を受けたのであろう？　弱き者共は、そなたを傷付け、苦しめ続けた。違うか？」

「……全部、あなたのせいでしょうが」

「否。余の魂がそなたらに被害をもたらすようなことは一切ない」

最後の一言に、シトリーは強い違和感を覚えた。

「呪魂(じゅこん)の病魔……わたし達が短命に終わるのは、あなたのせいではない、と……?」

「当然であろう。余は魔王などと呼ばれてはいるが、実際のところ、れっきとした人類種だ。ゆえにその魂が健康被害をもたらすようなことなど断じてありえぬ」

「じゃあ、マキナの悲劇も……」

四代前のエルゼヴェル家当主、マキナが引き起こしたとされる大惨事。

シトリーの現状を作ったそれについて、魔王は次のように述べた。

「余の魂はそなたらに強大な力と、少々、他者に畏れられやすくなるといった効能を与えるのみで、力の暴走などもたらすことはない。ゆえにそなたの言うマキナの悲劇とやらは弱者共の奸計(かんけい)とみて間違いなかろう」

完全に否定することは、出来なかった。

当時のエルゼヴェル家は王族をも上回るほどの権勢を有していたため、必然、これを邪魔者と見なす勢力は数多く存在していたに違いない。

であれば。

エルゼヴェルの名誉を穢(けが)し、地位を剝奪したいと、何者かがそう考え実行に移したというのは、むしろ自然な成り行きと言えよう。

反論が出来ず沈黙を返すシトリーに、魔王はさらに言葉を送り続けた。

「病については不明瞭なところではあるが……しかし、これだけは断言出来る。そなたの不幸はその大半が、周囲に蔓延る弱者共によるものだと、な」

「…………」

「自らの半生を思い返してみよ。そなたは様々な人物と出会ってきたはずだ。その中にはきっと、そなたを傷付けない者も居たことだろう」

これもまた、否定出来ぬ内容だった。

確かに彼女の言う通り、誰もがシトリーを攻撃したわけではない。

たとえば……家庭教師のエマは確かに怖かったが、それは熱心に向き合い続けてくれたという証左でもある。

同じ公爵令嬢のミランダは幼少期から今に至るまで、シトリーの存在を否定しない数少ない同年代の少女だ。

他にも何人か、思い至る者は居る。

「それらは皆、強き存在であったろう？」

否定、出来ない。

エマやミランダを始め、シトリーを否定しなかった者達は総じて、自他共に認める実力者ばかりだった。

「それに反して……そなたを否定するのは例外なく、弱者のみだったはずだ」

思い返す。

これまで自分を傷付けてきた者達の顔を。

特に……学園の生徒達を。

「余が間引かんとする者達は、そういった連中だ。シトリーよ、そなたを傷付けるような者だけを、余は現世から一掃せんとしている。そなたを否定せぬ者、愛してくれる者。それらについては指一本触れることはない」

ここで気付く。

これは誘惑なのだと。

魔王は言葉巧みに、シトリーを我が道へと誘い込んでいるのだと。

……実際それは彼女にとって、甘美な色を含むものだった。

「嫌な人を排除して、好きな人だけを残す。確かにそうしたなら世界は何よりも美しく、生き苦しさなど微塵(みじん)もないモノへと変わるでしょうね」

「シトリー……!?」

否定的な感情を面に出すレヴィー。

されどもし、魔王の手を取ったとしても、きっと彼女は友達のままで居てくれるだろう。

そう思うと誘惑に負けそうになる。

だが。

「余の手を取れ。共に世界を――」

「半月ほど遅かった。それが理由です」

「――なに？」

「もし半月早くあなたと出会っていたのなら、その手を取っていたかもしれません。わたしは世界の全てが不愉快で、何もかもを諦めていて。だから、あなたの隣に立ちたいと、そのように考えたかもしれない。……でも」

ゆっくりとレヴィーへ目を向けながら、シトリーは断言する。

「もうわたしの隣にはこの人が居る。あなたの席はありません。残念でした」

ニヤリと笑うシトリーに、レヴィーは安堵の息を漏らした。

「……余を、拒絶するか」

「拒絶もしますし、なんだったら否定もさせていただきます」

「……ほう」

「わたしは確かに世界を憎んでいましたが、しかし、自分を否定する者全てを消したいとは思っていませんでした」

「……なぜだ？　そなたはそやつ等が嫌いだろう？　不快だろう？」

「はい」

「であれば」

「いいえ。あなたとわたしの決定的な違いは……そういう人達とも、出来れば友達になれればなと、そう思っているところですね」

「…………」

「もちろん不可能に限りなく近いと思います。ただ……今のわたしには、色々とありえないことをしでかす馬鹿が隣に居ますから。もしかしたら、特大のありえないが叶うかもしれません。友達になれるはずのない相手と手を取り合う。そんな未来がもし来たなら……不愉快なものを消して得られた幸福より、ずっと気持ちがいいとは思いませんか？」

そしてシトリーは逆に、イヴリスへ手を差し伸べながら。

「あなたが真に暴虐の魔王だったなら、きっとこうして話し合うこともなかったと思います。でも、あなたはあえてそれを選んだ。それならまだ、取れる道もあるのでは？」

「…………」

「お茶会、してあげてもいいですよ。わたしとレヴィーと、あなたで。……一緒にお馬鹿な夢を見ましょうよ。嫌な奴等を皆殺しにするより、そっちの方がいいに決まってます」

憐憫。優しさ。共感。同情。

シトリーには対面の魔王が他人のように思えなかった。

だからこそ手を差し伸べ、共存の道を模索しようとする。

そんな彼女の気持ちを、魔王は。

「……あぁ、そうか。心のどこかで引っかかっていたのは、そういうことか。そなたは弱者ではない。余にとって好意の対象であり、事実、他の強者と同様に好いている。だが、それなのに……奇妙な感覚がずっと、付きまとっていた」

イヴリスの紅い瞳に昏さが満ちる。

そして。

「シトリーよ。そなたは余の幼き頃にそっくりだ。それゆえに――」

真っ昏な瞳をシトリーへ向けながら、魔王は凍てつくような声音で、言った。

「――すごくはらがたつ」

あまりにもシンプルな言葉で自らの感情を表明してから、すぐ。

イヴリスは右手を二人へと向けた。

来る。大技が、来る。

レヴィーとシトリーがまったく同じタイミングでそう確信した矢先。

魔王の眼前に巨大な幾何学模様が顕現。

それは二重、三重、四重へと重なっていき、やがてゴウンゴウンと鐘の音色にも似た異音を響かせながら、輪転を開始する。

「交渉決裂、ですか……！」

「じゃあもう、仕方ないわよね……！」

顔を見合わせて頷くと、彼女等は聖杖を手に取った。

一振りの杖を二人で握る形。

そうしながら。

「イメージするのよ、シトリー……！　あいつをブッ倒せるような、凄いのを……！」

「ひどく抽象的ですね、まったく……！」

瞳を細めながら、イメージを開始する。

レヴィーもまた同様に、凄いやつを脳裏へ浮かべ始めたのだろう。

瞬間、魔王の眼前にあるそれらよりも一際大きな幾何学模様が、二人の前に現れた。

「パクりですか」

「仕方ないじゃん、思い付かないんだから」

「……まぁ、わたしも似たようなイメージをしたわけですけどね」

緊張感のないやり取り。

実際、二人は微塵も畏れてはいなかった。

必ず帰る。二人で、一緒に。

心の中には、そんな未来への確信だけがある。

「……消すつもりはない。ただ少しだけ、憂さを晴らすだけだ」

宣言するイヴリス。

その刹那、彼女の眼前にて輪転する幾何学模様から、漆黒の波動が放たれた。

「シトリーっ！」

「ええ、こちらもッ……！」

放つ。

白銀の、巨大な波動を。

――そしてぶつかり合う、白と黒。

当初それらは拮抗状態にあったが、しかしやがて。

「押されてますねッ……！」

この現実を前に、レヴィーは叫ぶ。

「気合と根性が足りてなぁ～い！」

「熱血運動小説の主人公ですか。しかも古くさいタイプ」

「もっともっと！　強くイメージするのよ、シトリー！　そしたら聖杖(このこ)は応えてくれる！」

レヴィーの言葉を肯定するように、そのとき、聖杖が強い煌(きら)めきを放った。

「ほらぁっ！　どんと来いって言ってるわよ！」

「そんなん言われても。何をイメージすればいいかわかりませんよ」

衝突する波動が生み出す突風で前髪を靡(なび)かせながら、レヴィーは叫んだ。

「なんか明るい未来とか！　そういうの！」

「はぁ。そんなんで大丈夫なんですか？」

「こういうときはね！　ポジティブな方が勝つってもんよ！」

「にわかには信じがたいですが……まぁ、いいでしょう」

嘆息しつつ、シトリーは脳裏に具体的な未来をイメージした。

その途端、二人の波動が勢いを増し、さらには。

「……余の領域が、侵食されていく」

寂寞とした荒野がゆっくりと、生い茂る緑に飲まれ始めた。

「よっしゃあ！　なにイメージしたのよ、シトリー⁉」

「あなたとしたいことを色々と」

「したいこと⁉　具体的には⁉」

「そうですね。さしあたり、寮の食堂で美味しいものをたくさん食べたいです」

「いいわね！　あたしもお腹ペコちゃんだし！　他には⁉」

「まぁ、一緒にフライング・ボールの試合に出る、とか？」

「あはは！　たくさん練習して、早く箒をコントロール出来るようにならなきゃね！」

「あとは……修学旅行とか」

「え～、なにそれ！　面白そう！」

状況に不似合いな、あまりにも明るいやり取り。

だが、それでよかった。

希望を語れば語るほどに、レヴィーの領域は急速に拡大していく。

そうした現状を前にして、

「……これは、あの二人による精神的な効能、だけではないな」

イヴリスの意識が聖杖へと向けられる。

「領域に干渉しているのか。それも、使い手の命令ではなく、自らの意思によって」

スゥッと紅い瞳を細めながら、彼女は呟いた。

「……そこに居るのだな、メアリー」

平坦な声音とは裏腹に、イヴリスの心には動揺が広がっているのだろう。

それを反映する形で、彼女の領域が一気に狭まっていく。

「よっしゃあ！」

「このまま、押し切る……！」

ぎゅん、っと。一気にレヴィーの領域が拡大。その凄まじい勢いに乗っかるような形で、白銀の波動もまた、漆黒のそれを完全に飲み込んだ。

「――――なるほど。ここでは、余の負け、か」

イヴリスが無機質な呟き声を漏らした、その直後。

彼女の全身が白銀の波動と深緑色の領域に飲まれ……

その姿を、完全に消失させた。

——気付けば、レヴィーとシトリーは元の世界へと戻っていた。

そこには荒野も森林もない。国立魔女学園の闘技場、その中心部である。

観客と生徒は皆避難したらしく、そこには二人の少女と——

漆黒の霧となった、魔王の存在だけがあった。

「今回は余の敗北ということで納得しよう」

うっすらと、霧が消えていく。

「然(しか)して、全てが終わったわけではない」

負け惜しみではなかろう。

レヴィーもシトリーも、これで終わったとは思ってない。

「いつでも来なさい」

「何度でも倒してあげますよ。ぼっち魔王のイヴリスさん(笑)」

シトリーに何か、言いたげな空気を放つ魔王であったが……

どうやら時間切れとなったらしい。

後は特に何も言い残すようなことはなく、彼女の存在はその場から消え失(う)せた。

「……ふぅ」

「……なんとか、なりましたね」

「とりあえず……寮の食堂、行っとく？」

「まだコックさんが通勤してないと思いますけど」

「じゃ～勝手になんか作っちゃいましょうよ！」

「はぁ。ほんっとめちゃくちゃですね」

「でも、そこが好きなんでしょ？」

「……自分で言うな」

ふふっと笑い合う。

そうしてから二人は寄り添うように並びながら、闘技場をあとにした。


「あいつ、いつ来るかな」

「なんですか。いつでも来いって言ったくせして、ビビってんですか」

「そんなわけないでしょ。だって――」

「ええ。あなたの隣には」

「うん。あたしの隣には」

「「――最高で最強の友達が、居るんだから」」

閑話　活躍したら偉い人から褒めてもらえる。そう思っていた時期が（以下略

暴虐の魔王・イヴリス、並びに、四天王の復活。

それらの事実は完全に揉み消され、世間にはまったく流布されていない。

現場に居合わせた貴族や生徒達には後日、女王直属の特務機関が派遣され、魔法による記憶改変などの処置を実行。その結果、彼女等はあの事件を魔人によるちょっとした騒動であると、そんなふうに認識するようになった。

ただし例外として、公爵令嬢たるミランダとシトリー、そしてレヴィーの三名のみ、記憶の保持が許可されている。

そうした真実を知るのは女王を含む極少数の上位者のみ。

然して。

いくら隠そうとも、いずれは露見することになろう。

時代の進行を止めることなど、出来ないのだから。

王国と帝国。

両勢力は確実に、歴史的な転換点を迎えようとしている。

だが表面上……レヴィーとシトリーの生活にはなんの変化もない。

「起ぉぉぉきろぉおおおおおおああああああああああああああっ！」

「すぴめしゃあ～♪」

相も変わらず、レヴィーは朝に弱いまま。

「遅ぃぃぃ刻、遅刻ぅうううううううううっ！」

「ほぎゃああああああああああああああっ！」

シトリーは引き摺られながらの登校に未だ慣れず。

「はぁ、騒々しいわね」

「あんなのがクラスのトップだなんて」

「エレガントさの欠片もない」

クラスメイト達の視線や扱いが変わることもなく。

ただ、それでも。

本質は大きく変わったのではないかとシトリーはそう考えている。

「もう少し、速度を、落としなさいよ……」

「え～？　そうすると遅刻しちゃうじゃないの」

「だったらちゃんと起きやがれ、馬鹿」

風圧でボサボサになった髪を整えるシトリー。

そうしていると袖口が捲れて、素肌が露わとなった。

以前まではそこに闇色の刻印……呪魂の病魔によるそれが刻まれていたのだが、先の一件を経て、刻印は跡形もなく消え失せている。

シトリーとその一族は短命の定めから解き放たれた。

隣に立つ、友人の手によって。

ゆえにもはや、シトリーを苦しめるものは何もない。

その心には未来への希望だけがある。

だからか。

「うふふふ。本日もご機嫌麗しいようで何よりですわ」

「毎日毎日ギリギリに来やがって！　ミランダ姐様を見習えよな！」

ミランダとガルム。彼女達に対しても、その存在を受け入れ、仲良くしていこうという気持ちが芽生えている。

かつては生き苦しいだけだった世界。

それが今や、シトリーの目には華やかなものとして映っていた。

「はい、席についてくださいい、皆さん」

エマの代わりに臨時担任としてクラスを受け持つようになった講師が、教室に入ってくる。

かくして。

本日もなんら代わり映えのない、退屈な授業が幕を開けた。

「え～、この問題について……レヴィーさん、どう思いますか？」

「ふぁいっ！　おいひぃとおもいまふっ！」

「授業中に堂々とお菓子を食べるとは良い度胸をしてますね」

「えへへへへへへ」

「褒めてません。廊下に立ってなさい」

馬鹿が馬鹿なことをして廊下に立たされる。

これもまた見慣れた日常風景……だったのだが。

レヴィーが講師の言いつけ通り廊下へ向かおうとした、そのとき。

ドアが開かれ、魔女の集団と思しき面々が入ってくる。

「な、なんですか、貴女方は」

あまりにも唐突な事態に動揺を隠せぬ講師。

生徒達も同じような心境となっており、静粛であった室内がたちまち騒然となる。

「あ〜、悪いねぇ。突然お邪魔しちゃって。すぐ出てくから安心してよ」

集団のリーダー格と思しき女性が一歩前に出て、講師へこんなことを言う。

その出で立ちに対し、ミランダはシトリーへポツリと、

「あの方々、ファントム・ヴェインの一員ですわね」

シトリーはこくりと頷いた。

身に纏うローブにあしらわれた紋章。王冠とナイフを模したそれを見るに、彼女等は女王直属の特務機関、ファントム・ヴェインとみて間違いないだろう。

そんな彼女等がなぜ、この場へやって来たのかといえば。

「女王陛下への謁見と、聞き取りでしょうか」

「その線が濃厚かと」

当代の女王陛下は好奇心が強く、レヴィーに件の話を聞こうとするのは、何もおかしなことではない。

また、おそらくは聖杖に関することについても色々と尋ねたいことがあるだろう。

「……ミス・シトリー。彼の一件によって、禍根は断たれたと見てよろしいですね？」

「ええ。あれ以来、聖杖はレヴィーだけでなく、わたしも使い手として認めてくれたようですから。そのことでレヴィーが身の危険に晒されることはないでしょう」

全ては収まるところに収まっている。何も、心配するようなことはない。

なのに、なぜだろう。

シトリーもミランダも、強い胸騒ぎを覚えていた。

そんな中、集団のリーダー格はレヴィーへと目をやって。

「君がレヴィー・アズライトで、間違いないかなぁ？」

「うん、そうだけど」

「先日の一件、本当にご苦労だったねぇ」

リーダー格の魔女は労い（ねぎら）の声をかけると、穏やかに微笑（ほほえ）んだ。

そんな彼女が纏う空気は実に和やかなものだったが……

気のせいだろうか。

目が笑っていないように、見えるのは。

「先の一件について、ちょっとばかし聞きたいことがあってねぇ」

そのように切り出してから、彼女は滔々（とうとう）と語り始めた。

「どうにもさぁ、不可解なことが多すぎるんだよ。なぁ〜んであんな事件が起きちゃったのか。その経緯がさぁ、ほんっとにわかんない」

「それはあたしも全然だけど」

「ん〜………ほんとに、そうなのかなぁ？」

瞳に複数の情が宿る。

疑念。興味。そして——悪意。

「本命本丸なアレについては議論のしようがない。なんせ情報がなさすぎるんだもの。でもさぁ、どうして魔人(デミ・ヒューマン)が国境の警備を抜けて、ウチに入り込み、あんな事件を起こせたのか。それについては一つ、疑わしいことがあるんだよねぇ」

彼女はレヴィーを真っ直(ます)ぐに見つめながら、次の言葉を放った。

「余所者(よそもの)の君が彼女を手引きした。つまり君は、どこぞのスパイだった、と。そんな疑惑が掛けられてるんだよねぇ」

室内のどよめきが一層強いものへと変わった。

そんな中、シトリーは冷や汗を流しながら思索する。

(わたしを救うためとはいえ、レヴィーは確かに、魔人(デミ・ヒューマン)と繋(つな)がっていた)

(それを思えば、スパイ容疑は真実、なのかもしれないけれど……)

もしそれが認められてしまったなら、厄介なことになる。

であれば友として取るべき行動はただ一つ……と、そのように考えたのはシトリーだけではなかったらしい。

次の瞬間、ミランダもまた同時に起立し、二人並んで抗議の言葉を放った。

「あらぬ疑いです、馬鹿馬鹿しい」

「どのように考えても、そうした結論に至るはずがありませんわ。裏で糸を引いているのはどなたかしら？」

果たして相手方の対応は……黙殺であった。

二人のことを無視して、彼女はこの場へやって来た用件を、淡々と告げる。

「レヴィー・アズライト。君をスパイ容疑で逮捕させてもらう」

瞬間、ファントム・ヴェインの一団が総員、杖に手をかけた。

もしほんの少しでも抵抗の気配を見せたなら、撃つ。

そうした警告にシトリーとミランダは歯噛みし、

「もし彼女を連れて行くというのなら」

「わたくし達もセットでお願いいたします」

この言葉にリーダー格の魔女は嘆息を返して、一言。

「うん、君達もついでに拘束しちゃおうか」

場の空気がさらに緊張する。

そんな中、レヴィーはといえば。

「ねぇねぇ。ちょっと、聞きたいことがあるんだけど」

のほほんと。

あまりに、能天気な調子を維持したまま。

「なにかなぁ？　尋問の方法とかなら、サプライズってことで――」

「スパイってなぁ～に？　おいしいの？」

瞬間、誰もが「ズコ―――ッ」と地面に転がる。

馬鹿（レヴィー）はどんなときであろうとも、馬鹿（レヴィー）のままであった――

同時刻。

王都中央区、エルゼヴェル家別邸にて。

シグルドは独り、応接間のソファーに腰を落ち着けていた。

「………来たか」

彼が呟（つぶや）いてからすぐ、何者かがドアを叩（たた）いた。

コン、コン、コン。

小さなノックに対して、シグルドは「どうぞ」と応答したのだが……

コン、コン、コン、コン、コン。

ノックの音は鳴り止（や）まぬばかりか、むしろ激しくなっていく。

コンコンコンコンコンコンコンコンコンコンコンコンコンコンコンコンコンコンコン。

ドンドンドンドンドンドンドンドンドンドンドンドンドンドンドンドンドンドンドン。

ドンッ、ドンッ、ドンッ、ドンッ、ドンッ、ドンッ、ドンッ、ドンッ、ドンッ、ドンッ。

やがてその音はノックというよりも殴打（おうだ）に近しいものへと変化し、そして。

「あああああああああああああああああああああああああああああッッッ！」

ドアの向こう側にて、何者かが絶叫した、次の瞬間。

轟音（ごうおん）と共に、ドアが木（こ）っ端微塵（ぱみじん）に消し飛んだ。

「……相変わらずだな」

やれやれと肩を竦(すく)めるシグルド。

彼の瞳には来訪者の姿が映っていた。

長身痩軀(ちょうしんそうく)を白装束で覆い尽くした、一人の女性。

その面貌は上半分が珍妙な仮面によって隠されており、全体像こそ把握出来ないが……

おそらくは美貌と評すに値するような容姿であろう。

そんな来訪者は白髪混じりの赤髪を揺らしつつ、室内へ入り込んで一言。

「ドア畜生が」

コツコツと靴音を響かせながら、来訪者はさらに言葉を紡(つむ)ぐ。

「木材のクセにイラつかせんじゃないよ、まったく」

一部とはいえ、公爵家の住居を破壊してなお、ちっとも悪びれない。

そうして来訪者たる彼女はシグルドの対面へと移動し、ソファーへと倒れ込んだ。

「んぁ～～～、さっすが公爵サマ。いいモン使ってんじゃ～ん」

寝転がりながら伸びをする。

そんなふうに我が物顔で振る舞う相手方を、シグルドは咎(とが)めることなく、

「今回の一件も我々の計画通りに進んだ、と。そう判断してもいいのかな？」

白装束の来訪者は寝そべったまま頷いて、

「あぁ～、ね。イヴちゃんは復活したし、アンタさんとこの娘も呪いから解放されたし、まぁ～万々歳ってとこなんじゃないでしょ～～～か、っと」

なんとも適当な言い草。

しかしシグルドは腹を立てることもなく、淡々と話を進行していく。

「今回の一件を経たことで、我が王国と彼の帝国は激動の時代を迎えることになるだろう」

「そうだね。ガンガン人が死ぬね。最高だね」

「私の思惑と君のそれは今のところ、利害が一致した状況にある」

「そうだね。用が済んだら互いにポイ捨てするけどね」

牙を剝くように笑う来訪者に、シグルドもまた穏やかな微笑を返した。

そんな彼に来訪者は飛び跳ねるようにして起き上がると、

「んでもさぁ～、アイツどうすんの、アイツ。ほら、アンジュとかいうクソガキ」

「……世界広しといえども、彼女をクソガキ扱い出来るのは君だけだろうね」

「んなこたぁどうでもいいからさぁ～。質問に答えてよ。ブッ殺しちゃうぞ？」

おどけた調子で紡がれた言葉……だが、シグルドは理解している。彼女がこの手の発言をしたときは、常に本気であるということを。

ゆえにシグルドはすぐさま相手が求める答えを口にした。

「確かに、アンジュ・レスティアーナの存在は脅威そのものだ。まともにぶつかったなら計画は確実に破綻し、我々は闇に葬られることになるだろう。しかし……そのようにはならないと、私は確信しているよ」

「根拠はぁ～？」

「我々が未だ健在であるということ。それが何よりの根拠さ」

「……アイツは全部見抜いている、と？」

「さすがに何もかもをってわけじゃあないだろうけど、私を怪しんでいることは間違いないと思う。しかし彼女からの接触は一切ない」

「あえて泳がせてるって線は？」

「それはない。疑わしきは罰せよが彼女のモットーだからね。もし彼女にとって私が不都合な存在であるとしたなら、今頃、私はこの世から姿を消しているだろうさ」

「ふぅ～ん。じゃあ、アイツはどうとでもなる、か」

「あぁ。少なくとも、絶対に切り崩せない相手ってわけじゃない」

ここでシグルドは手を組み、瞳を細めながら、

「それよりも。私は彼の存在……霊王こそ、脅威となりうるのではないかと考えているの

だけどね？」

奴（やつ）は一体、どうするのか。

そんな問いかけに対し、白装束の女は「ふぅ」と一息吐（つ）くと……

懐（ふところ）から一本、葉巻を取り出した。

「ん〜〜〜、あ〜〜〜〜、はいはい、レヴィアライトね」

どこかすっとぼけたような調子で言いつつ、葉巻を咥（くわ）え、魔法で着火。

その後、ゆっくりと紫煙を吸引し、「ぷはぁ〜〜〜」と吐き出してから、

「……まぁ、アイツはなんとかなるよ、たぶん、きっと」

あからさまな不審感。

なれど、問い詰めたところで納得のいく答えなど返ってはこないだろう。

そう判断したシグルドは一つ嘆息してから、女に向かって次の言葉を投げた。

「であれば、本日の会合はこれにてお開きということにしようか」

相手方に異論はなかったようで、白装束の女は無言のままスッと立ち上がり、部屋の出入り口へと向かっていく。

そんな彼女の背中へ、シグルドは一言。

「次もお互い、上手（うま）く立ち回ろうじゃないか。――ジェーン・ドウ（名も無き死者）」

そう呼ばれた白装束の女は一瞬立ち止まったが、しかし、何事も口にせぬまま、紫煙と共に部屋を去った。

「…………」

独り残されたシグルド。

その脳裏に、一人の少女が浮かび上がる。

「全ては掌(てのひら)の上。しかしまだ、悲願の達成には程遠い」

ボソリと呟いてから、彼は天井を見上げ、そして。

万感の思いを込めながら、彼女の名を口にした。

「────シトリー」

あとがき

初めまして、あるいは、ご無沙汰しております。

下等妙人（かとうみょうじん）でございます。


女の子を主人公とした物語を書いてみたい。

そんな考えからスタートした本作ですが、お楽しみいただけたでしょうか。

執筆にあたっては様々な苦労がありましたが……中でも取り分け苦しんだのは感情の要素でした。

女の子の気持ちがまったくわからない。

そんな苦悩をどうにかこうにか乗り越えて書き上げたものの、上手（うま）く出来ているかどうか、やはり自分では判断しかねるところです。

しかし普段以上に苦しんだからか、キャラクターへの愛着はこれまで以上。

皆様にとって彼女達の物語が有意義なものであったなら、これ以上の幸せはありません。

最後に謝辞を。
美麗なイラストを提供してくださった我美蘭(がびらん)様。
的確なアドバイスで本作をブラッシュアップしてくださった担当様。
本作に関わってくださった全ての方々。
そして本作を手に取ってくださった読者の皆様へ、極限以上の感謝を。

下等妙人。

ほんわか魔女を目指していたら、史上最強の杖に選ばれました。なんで！？

令和６年４月20日　初版発行

著者――下等妙人

発行者――山下直久

発　行――株式会社KADOKAWA
〒102-8177
東京都千代田区富士見2-13-3
0570-002-301（ナビダイヤル）

印刷所――株式会社暁印刷

製本所――本間製本株式会社

※定価はカバーに表示してあります。
●お問い合わせ
https://www.kadokawa.co.jp/（「お問い合わせ」へお進みください）
※内容によっては、お答えできない場合があります。
※サポートは日本国内のみとさせていただきます。
※Japanese text only

ISBN978-4-04-075383-6 C0193 ◇◇◇